生き延びるための逃走術

腐男子精神科医の妄想メンタル科

日原雄一

三一書房

もくじ

プロローグ　折り合いについて

朝、仕事に行きたくない。めっちゃ行きたくない。足も腰も腕の関節も痛いし目も開かないし開けたくない。頭ン中は茫としてどろどろ泥だんご状態だし、おまけに太陽はギラギラと照り、新型コロナウイルスだって蔓延してるなかだ。からだがかちこちに硬くって、ぜんぜん動くけはいがない。こんな日は布団にくるまったまま、家でごろごろ寝ていたい。

でもそうは言っていられないから、ちょっとずつ体をうごかしてはみるものの。いやな気持ちに変わりはない。スマホをいじって現実逃避しながら、だんだんと目がさめてくるのを待つ。

私のオモテの仕事は、精神科の医者のようなものだ。それは、そこまでいやじゃない。むしろ、やりたいことでもある。けれど、家から駅まで二十分、電車で一時間と五分、駅から病院までさらに二十分。その他なんだかんだで片道二時間かかる通勤経路を、想像しただけで溜め息が出る。

したいことをするには、したくないことをしなければならない。みんなこのへんを、どう折り合いをつけているのか。

ほんとうは机のうえはもっときれいにしたいし、精神科の学術的な知識も身につけたい。毎日夜は九時には寝たい。

机の上をきれいにするには、まずものをどかさなければいけない。散らかったペンをまとめたりしなければいけない。精神科の学術的な知識を身につけるには、ぶあつい本をたくさん読んで、勉強もしなければいけない。ああ、めんどうくさい……。

矢部嵩『少女庭国』の、加藤梃子は言う。「私さ」、「したくないことはしなくていいようにしたくて」。「殺し合いなんてちっともしたくないんだよね」。だから、ドアをあけるたび殺し合いの人数が増えるデスゲームで、ドアを開け続けて人数を二千人以上にふやす。その結果始まった長い長い暗黒神話は、梃子の求めたものだったのか。

したいことばかりしているように見えるひとがいる。したいことをたくさんするというのは、それ以上に膨大なしたくないことをするということだ。したいことばかりしているひとは、かげでしたくないことを膨大にしているはずである。すごいなあ、としみじみとおもう。散らかった机を前に、とりあえずボールペンを手にとってみる。時計は六時五〇分をさしている。仕事に行きたくないなあとしみじみ思う。

第一章

余は如何にして変態となりしか

トラウマが生んだ「むっつり」の美学をこじらせて

トラウマ。日本語なら「心的外傷」か。体の外傷には赤い流血がともなう。小児は白き糸のごとしで、まっさらな心の外傷には、白い流血・即ち射精をともなう。その場合、外傷で快感も得るわけだから、マゾヒスティックな側面も併せ持つことになる。なに冒頭からもっともらしげに下ネタ書いてんだ私は。

そもそも僕は下ネタ嫌いだったんだ。中学校、賑やかな休み時間。チンチョウいくつ？と聞かれて身長を答えると、でけーな、とからかわれる遊び。オナニー週何回してる？なんて目的不明の質問。

今なら変換できる。ショタの下ネタトーク可愛いなあ、と、ほのぼの眺めることができる。青春時代が夢なんて後からほのぼの思うもの、と森田公一が歌うとおりである。当時はもちろんほのぼのできず、そういうものを嫌悪していた。『噂の真相』を買っても、アラーキーの連載やアダルトサイトの広告ページなんかは破って捨ててしまっていた。そのくせ成長は早めで、小学五年くらいから、ふと見つけ買った花村萬月の『触覚記』や、例の『ふたりエッチ』で済ませてた。つまりはむっつりスケベだったわけだ。

小説やなんかでしてたころは、まだ、よくて。それの後はそそくさと、赤らめた顔で片づけるだけ。ＡＶに手を出してからは、また違くなった。最初に観たのが、あんま好みでない女優さんと、でっぷり太った男優さんとの交合。これはショックでトラウマものでした。こんなので勃起してる自分に。そして、済ませてしまったあとの後悔、自己嫌悪といったらひどいもんで。ホントにどうしてこんなのでと、賢者タイムのつらさ凄かった。

その後いろいろ観て、イケメンさんがしてるのを観るぶんにはまだマシとわかり。けれど大抵のＡＶは、パッケージに男は載ってない。仕方なく無情報で観ると、出てくる男優さんの八割はでっぷりさんで。

そういうかたをお好きな層もいるんでしょうが、俺はあんまりそうじゃなかった。そんなやつらので興奮してる自分が恥ずかしくて許せなくて、そういう自分を隠そうとして、まあ「むっつりスケベ」そのものでした。延々と性癖語りしてますがこの章は全篇こうなので諦めてください。

草食男子に憧れて

小さいころ読んだマンガは、ドラえもん・ポコニャンとか藤子Ｆ系、それにクレヨンしんちゃん。長じて、しんちゃんの下ネタが恥ずくなり離れ、代わりに文字の本を読むようになった。星新一のショートショートとか。父親の影響で、北杜夫のエッセイ、ユーモア小説も好きで。どれも、性的なものとは距離がある。F先生はそういうシーンを描いても、綺麗で清らかで、いわゆる劣情はわかないし。星新一は性・暴力・時事風俗は書かない。北杜夫は「自称清純作家」である。ちょっとしたそんなシーンがあっても、非常にあっさりと終わる。

むしろ童話のほうが、読んでいて恥ずかったりした。山中恒、大好きでしたが、『ぼくがあいつであいつがおれで』とか『ぼくがぼくであること』とか、そういうのを意識させられるシーン、そういうのにまさに主人公が戸惑い、恥ずかしがってるシーンがあったりして、同調してとっても恥ずかしくなった。

だからクラスでぼっちでも、休み時間に本など読めたもんじゃない。なに読んでんのとか、変に絡んでくるやつがいるから。だしぬけに内面覗いてこられるのが、大変ビビるのであった。特に、星新一からの流れで筒井康隆を読みだしたころは、突然そういうシーンになったりするし。声をかけられるときは、えてしてそういう場面ジャストだし。

逆に、クラスでも堂々と『ファザーファッカー』読んでるかたがいた。内田春菊の自伝的な、官能描写も濃い小説。すげえなと思いましたね。筒井康隆が褒めてたから僕も読んでたけど、あれを休み時間に出す度胸は、今の私にもないのです。これは変な絡みをしてやろうフフと思い、しかしコミュ障日原さんである。「ソ、ソレ知ッテルヨ……」みたいな、屋根裏のネズミみたいな声がでた。向こうはやはり堂々としたもんで、「おー、読んだの？」。「途中まで、アリャきついヨ」とウソついた。でも、ああいうの読まないキャラでいたかった。クラスにもいましたね、爽やかな男の子。オナニーもしなさそうな、アセクシャル、無性欲的な、ああそうだ草食男子というフレーズがありました。ああいうかたになりたくて。AVと『ファザーファッカー』のせいで、直球にエロいものは醜い、ってイメージが強まって、そういうのとは離れた自分でいたかった。立川談志いわく、欲望に対してストレートなのを下品という。僕は欲望を隠そうとして上品ぶろうとして、でも現実は「むっつりスケベ」。理想とだいぶ違くなっちゃったな。

むっつり美学放浪記

それでも、ちょっと自分が変わったのは、やっぱり筒井康隆のせいか。『陰脳録』や『ウィークエンド・シャッフル』、エロかったけど、それ以上に面白く、醜いなんて感じなかった。吾妻ひでおのギャグマンガ、『とつぜんDr.』とか『トラウマがゆく!』読むと、いたってフッーに、そういう欲望を持ち行為に移すやつらが出てきてた。そして、あの絵柄のせいもあるでしょうが、その様子が醜いどころか、とっても可愛いらしいんですね。こんなふうに性のことを描けるのか、ちょっと素敵だなと思い。

そんなことを感じはじめた時期に、谷岡ヤスジの追悼傑作集『天才の証明』を読み。『ヤスジのメッタメタガキ道講座』の、僕よりだいぶ歳下なはずのガキ夫が大人の欲望むきだしに暴れまわる、あのドギツいギャグにハマりまして。新橋演舞場で開口一番、「オマンコォー」なんて叫ぶ立川談志の影響もあり、下ネタを聞いたり言ったりするのに、嫌悪感は薄れてきた。

次の出会いもほぼ同時期。中学の終わりごろか、やっぱり古本屋で、友成純一『黒魔館の惨劇』や『獣儀式』に。筒井康隆の流れでホラー的なものも読むようになって、タイトルからそれを期待してたら、ただのホラーじゃなかった。過激で、濃密で、なのに延々と続く残虐な場面。恐いし嫌なのになぜかずっと読まされてしまって、ずいぶん僕の心も外傷受けた。傷は治るとその部分がぶあつくなるもんで、人間の醜さに対して、ずいぶん耐性はつきました。

それから少しして、もう晩年に近かった北杜夫の久々の新刊、短篇集『消えさりゆく物語』を読み。そのなかの『みずうみ』。少年同士の愛の物語ですね。やはりこの同時期、フッーのエロマンガと間違えて鷹勢優『オトコノコ活動報告書』買っちゃったり、ドラマ『11人もいる!』

で神木くんを一目見て、ショタに目覚めたというわけで。

えっと、神木隆之介さんの素晴らしさについてはこのあとの章でみっちり書いたのであんまりやるといい加減にしろとなりそうだしここでは詳述しませんが、ああでも、一時期の神木くんが画面にどアップで映ったとき、顔の白い肌にポッツリ光った赤いニキビの素晴らしさについて語りたいなとか、『妖怪大戦争』で、大きなろくろっ首と対峙して、ゴクリ唾のむときの神木くんの、汗かいて目むいた表情がたまらなくてとか、最近だと映画『太陽』で、ふだんは友だちと野中をかけまわるやんちゃ少年の神木くんが「夜の人間」と仲良くなろうと、ヘルメット自作してこわごわ投げ渡すおっかなびっくりな表情の可愛さとか、ああハイ、ハイ。詳述しませんとか言いつつやっぱいろいろ語っちゃってますねスイマセン。と書いたところで佐野ひなこさんとのお噂が入ってきて。こちらも正統派の、くびれ美人らしいすね。けどあんま情報ないんで慌てて話を戻すと。

少年愛に足を踏み入れ、という件でした。でもいわゆる「三次」のショタエロ物件は、とうぜん規制の対象で。仕方なくアダルトなゲイビ観ると。ちゃんと出てくるふたりとも、パッケージに写真が載ってんである。まあジャケ詐欺はありますが、可愛い女の子の写真載せといておじさんも出す一般AVと比べりゃ随分ありがたく。

それからは、賢者タイムの自己嫌悪も、全くなくなりました。こんな爽やかなイケメンさん同士でも、こんなことしてんだというのを見ると、ぜんぜん恥ずかしくなくなった。

結果、まあ全性愛者・パンセクシャルのようなものになったわけですが。ひとと違うのはいいことだ、という欽ちゃん主義のせいもあり。「マイノリティである」ということへの葛藤、なんてよく聞くエピソードは、あんまり自分は経験ない。小学生のころ、全校生徒が集ったクイズ大会で、○×クイズで圧倒的少数派のほうを選んだのにそっちが正解で準優勝あたりまでいっちまった、なんて成功体験も、逆トラウマ的に関与してるのかもしれない。

っていうか、原因は冒頭から書いてきた流れ、すべてなのでしょうね。むっつりスケベな性格のやつが感情と環境に流れ流されて、こんなとこまで来たという。むっつりこじらせるとこうなるから、気をつけたほうがいい。

なんて常套句を書いたものの。僕自身は、まったく後悔してなくて。むしろ、美学を貫いた、とすら思ってるから我ながら凄い。

求む、欲望代行者

遠藤周作の『スキャンダル』。主人公はカトリック信者の、人間の悪をテーマに作品を書いてきたベテラン作家で。って言うとやっぱ、遠藤氏自身に重ねちまいますが、かれは自分を律し性的な欲望も隠そうとしている。そんな、まあむっつりな作家の周囲に、「もう一人の自分」が出現する。夜の街を闊歩し、エロ方面で羽目外して遊ぶ。これは恐いですね。隠してたい欲望を勝手に過剰に代行してまわる自分とか、恐すぎる。

後年、天野哲夫が遠藤氏に、いわゆるホモレイプ的なプレイをされた思い出話を書いていた。『或る異端者の随想録Ⅱ』で。あれももしかしたら本人でなく、「もう一人」の遠藤氏のなしたことだったのかもしれない。僕にも「もう一人」が現れて、むっつりの美学も何もなく欲望のまま暴れまわったら、どんなことをしてくれるんだろか。『ココロコネクト』の欲望解放みたく、自分の内に秘めたものが増幅して表に出されたら。そんな現象との遭遇に、ちょっと期待してる自分もいたりして。

（トーキングヘッズ叢書No.67「異・耽美」、二〇一六年七月）

子どものころの現実逃避デイズ～異形な先生・人外な友達

変な声だったみたいである。自分ではわからなかったけれど。小四のころ、二つ年下の子に笑われて初めてちゃんと認識した。それまでは、ホームビデオなんかで自分の声を外から聞くことはあっても、「ああ、ぼくのこえはこんなもんなのか」程度の認識しかなかったのだ。そしてこれ以後、私はひとと喋るのが恐くなり、クラスでもろくに溶け込めぬぼっち状態が日常となった……わけではない。自分が友達少ないのを声のせいにしちゃいけない。

もっとも、声というものを、けっこうなコンプレックスに感じるひともいたはずである。西炯子の『放課後の国』では、今井君はそれで喋れなくなってた。けれどそのぶん、天体には詳しくなって、竹原君というかけがえのない友人を得る。なんだよ、かえってよかったじゃねえか。

自分の声が変なのを、それほど気にしちゃいなかったのは。なんでだろうと考えてみるに、やっぱり「変声期」、声変わりの時期が来るって知ってたからだと思う。来なかったけど。厳密に言うと、低い声も出せるようにはなったけれど、そのためには、なんというか、ノドの「低音モード」ボタンを連打していなきゃダメなのだ。かなりめんどくさい。

なんで、外向きはロートーンボイスだが、家ン中じゃそのまんまである。本当にそのまんまなのか、やっぱり自分じゃわかんないだろうし、いま親に訊こうとしたら二人とも寝てた。妹はお出掛け中。いつも通りの朝五時半である。ばあさんは起きてたんで尋ねたら、確かに小四のときとほとんど変わっていないらしい。

ばあさんボケてんじゃねえのか、という問題提起は措いて。桂米丸とか三笑亭笑三とか、落語家でも高い声の師匠はいる。あと、澁澤龍彦もそういう声だったってのを知ったときは嬉しかった。ニコニコ動画で観た、土方巽の葬儀委員長をつとめたときの挨拶で。まあ、そういう事情のときであるから、多少うわずっていたのかもしれないけれども。

異形な先生陣

そうだ。小学二年生の男の子に、自分の声を笑われたときは、たしか担任の先生がそばにいたんである。このM林先生、若くてけっこうな熱血教師で、でもなんでだか、私にはすごく優しくしてくれたのだ。そのときも、自分を笑った男の子に激しく注意してくれたんである。厳しく注意する先生ならそこそこいるだろうが、激しく注意である。なにもそこまで怒らなくても、って、私まで半泣きになっちゃうぐらいの。

でも、過保護な家庭から、いきなり幼稚園や小学校で集団生活を強いられるようになると、最初に頼れる存在となるのは、やっぱり先生なのである。先生はすごくて、立派で、かっこよくあってほしい。と、幼稚な私は思ってた。好きな球団はもちろんジャイアンツ、な子どもであった。野球なんかルールもよくしらないくせに。

ただ現実には、そういうステレオタイプにスーパーマンな先生は少ない。もともとどんな教師像を目指してたのかは知らないけれど、何年も生徒と触れ合ううち、ちょっと妙なことになってしまった変人ぞろいであった。「大学教授なんて、変態ばっかりだよ」。そう噂には聞いていたけれど、実際に大学に入ってみると、まあそんなことはない。それほど大な学でない、うちの学校で私の接した先生がたに限った話だが、そこそこ変態、レベルである。

っていうか、教授陣はご自身の変態性を隠そうとしてないだけで、素質で言ったら小・中・高の恩師のほうがよっぽどひどかった。T村先生の造語能力とかM子先生の占星術とかM下先生の政治人生とか、本格的に語り出すと二時間はかかる系の話なのでこのへんでやめておきますが、物語の世界では、強くて立派でカッコいいってのを体現した先生に出会えるのであった。

たとえば、ぬ〜べ〜である。鵺野鳴介先生。「地獄先生」って、凄まじい通り名を貰っているけれど、その左手も凄まじい。なんたって、そこに鬼の力が封じ込められてるんだから。スポーツ万能で、いわゆるマッチョイズムというか、けっこう強権的だったりもするんだけど、そういうところも昔は好きでした。ときおり見せる、赤塚不二夫ばりの間抜けな表情とのギャップも素敵で。

もっとも、唐沢なをき『学園天国』までいくと、手だけじゃなくて全身妖怪みたいな教師ばっか出てくるのだが。カメレオンのように擬態する先生とか、気温が三十二度を越すと教室いっぱいに膨張する先生とか、イカスミ入りの先生とか。配るプリントはみんなスミで汚れてるんだけど、なぜか生徒たちに人気なのだ。時代を感じさせられますね。イカスミ入りのスパゲティがいっとき、ブームになったことがあったのである。すぐに飽きられたあと、今でも細々と生き残っているが。他に、ティラミス教師とかナタデココ教師とかもつなべ教師とかもいた。今なら塩麹教師ですかね。レバ刺し教師は懲戒免食になって、代打にレバ刺し風こんにゃく教師。浜松出身のうなぎパイ教師は、夜のご教授役である。いや、夜間中学の教師ってことですが。

ただ、現実で私らは苦しめられているもんで、マンガでまで先生に出会いたくない、ということはあった。もしくは、その先生たちにマンガの中では復讐したかった。『ヤスジのメッタメタガキ道講座』では、宿題を大量に出す先生の頭に包丁をズンと突き刺して、そのまま頭をパカッと開く。で、脳味噌の代わりに本物の味噌を詰め込むシーンなんてのがあった。先生、コロッと性格が変わって、校庭でゴーゴーを教えだすんである。これまた時代ですね。今ならオタ芸とかか。ハレ晴れを踊る中学教師とか、実際にいるみたいなんでいやだけれど。

もっとも、復讐ものの定番は、なんといっても『魔太郎がくる!!』（藤子不二雄Ⓐ）だろう。ようこそ魔太郎と言いたかった。黒魔術や手の込んだカラクリをつかって恨みを晴らしていく彼は、実にカッコよかった。まあ、基本的にやりすぎなんだけれど。それはぬ～べ～も同じだし。ただぬ～べ～には、幸せな未来が待っていたのだが魔太郎はちがうのだ。やさしい父母、片思いの相手の由紀子さんたちと別れて、ひとり泣きながら放浪の旅に出るんである。同世代の友達が出来かけたこともあったけれど、結局はみんなに裏切られた。

人外以外友達はいない

そう、友達は裏切るもんである。『貧乏神が！』（助野嘉昭）では市子が、高飛車で男受けばかり狙うような性格になったのは、幼いころ友達にいいように扱われ陰口もきかれてのことだというエピソードがありましたが。私も友達に裏切られたこと、裏切ったこと両方あるようなやつである。まあ、友達がみんないいやつじゃないってのは、自分からしていいやつじゃないんで自明のことではあるのだが。だからこそ、友人には純粋で、無垢であってもらいたいと願う。自分もそれに近づくために。

西尾維新「戯言シリーズ」の青色サヴァン・玖渚友は、パソコンに滅茶滅茶くわしいけれど、その他のことはみんな、幼児並みだ。友達の戯言遣い・いーちゃんは、彼女の世話を甲斐甲斐しくする。

「ぼくにとっての玖渚友は／ぼくがいちばんなりたかったものなのかもしれない。／いや、そうじゃない。そうじゃないけれど、ぼくにとって、玖渚友は、だから……／だから？」

だから何だってんだよ、と、心の中で突っ込みいれたら本文とハモるようなことになってた。お互い尊敬しあっていないと友情は続かない、というフレーズはどっかで耳にしたことがあるようなないようなものだが、ここでの関係は、より複雑だ。たぶん一語では無理で、尊敬プラス共感プラス……とか言葉を重ねていっても、たぶんぴったりとはこないだろう。

いろいろめんどくさいんであるが。このような友人たちは、マンガを開くといっぱいいた。ドラえもんオバQポコニャン……って藤子Fキャラばっかですが。Ⓐ先生だと怪物くんとか、パラソルヘンベえなんてのもいて。人間じゃない、オバケとか動物とかのほうにそういう、純粋系のキャラは多いですね。動物にだって複雑な感情はあるんだろうけど、共通言語がないんで、そこまで深くは伝わらないという。

あずまんが大王では、大阪とか。愛称からして人間じゃない、地名だし。ほかに最近見たなかで一番コアな天然さんは、「はるみねーしょん」のはるみであった。延々とダジャレでトボケ続ける女子高生、細野はるみ。でも実は宇宙人。

宇宙人だからズレたところがあるのか、というと、あんまりそうでもなさそうだが。宇宙人がみんなあんなのだったら、向こうの星も大変だ。観光で三時間ぐらいなら滞在したい。逆に言うとそれ以上はついていけない。

校内秘密結社繁盛記

こういう人たちだらけの学校で、妙な集団が生まれるのは当然のことである。特に、部活。クラブ活動は秘密結社化する。

涼宮ハルヒのSOS団は言うに及ばず。『ちょっとかわいいアイアンメイデン』の拷問部。過激な名前は隠れ蓑だ。舞台はお嬢様学校だし、実際には拷問を通した歴史・人間研究とか、もっともらしい活動がメインである。わけは当然なくて、別方面で過激なことばっかりやってる。つまりエロ要素満載。BLとか百合とかロリとか。危ない危ない。この学校にはほかに、洗脳部なんてものもあって、お嬢様学校も大変だと思う。うちの妹もそういう学校に通っていたことがありましたが、途中でドロップアウトして公立に移った。

うん、逃げるが勝ちである。いやだと感じた場所からはソッコー去る、っていうのは、それはそれで選択肢としてありうる。逃走は闘争に通じるのだ。そういえば「階段部」なんてものもありました。櫂末高彰『学校の階段』。階段を走りまくって危ないって、校内でも問題になってる部活である。東京造形大学に、ホントにそんなクラブあるらしいんで驚いた。「パフォーマンスアート集団」ってことでなんとかなってるらしい。いろいろパクリだけど。でもなんか楽しそうだった。

いちばん楽しそうな部活は、名前だけでいうと「ごらく部」か。あと「るんるんカンパニー」。こっちは生徒会、裏活動が主。こういう楽しそうな連中と遊ぶのに忙しくて、現実の部活動には、とんとご無沙汰してしまったのであるが。いや、後悔してませんよ？　本当に。まあ、やり直せたらやり直したいけど。でも、わざわざやり直したいと思えるような貴重な時間なんて、子どものころぐらいにしかないわけで。

（トーキングヘッズ叢書 No.52「コドモのココロ」、二〇一二年十月）

変身と変態のあいだ〜ヘンタイな日本の私

その最中に、しみじみ見つめることがある。そしてまた興奮したりする。自分のものを見て自分でエッチするという、変なマッチポンプができてるんである。行為のあとには、しっぱなしというわけにはいかないから、だるくなった気分でティッシュで拭く。そこでもう一度しげしげと見る。

ずいぶんなちがいだと思う。「その後にむしと寝ている親子かな」。なんとなく一句詠んでしまいましたが、花村萬月は、そのときのペニスを「腐った芋虫」と書いた。前後で大きさもかたちも、色だって大分ちがう。たとえて言うなら、シン・ゴジラの第一形態と第五形態くらい。それほどのもんでもないけど、僕たちも毎朝変身してるようなもんなのだ。のっけからずっと下ネタ言ってますが、こんなときは最後までこうです。

とはいえ胸焼けもしてくるから、少年期の思い出の話も。コロコロコミック、面白かったっすね。樫本学ヴの『学級王ヤマザキ』で、発明家のじいさんがヤマザキに、「大人のチン○ライト」なんてのを渡してた。ドラえもんのスモールライトのパクリだじょー、って作中でじいさん本人が言うとおり、大人のチン○みたく大きくしたり小さくしたりできるライトなんだそうだ。意味はもちろん、当時はワカラナイ。何となくいじると大きくなりはしたが、北杜夫のごとく風呂場で潜水艦遊びもしたが、ほかにタタカイがあるなんて、カブトを合わせることなんてついぞ知らない。夜は寝るものだと思ってた。「寝る」とは眠ることだと思っていた。

まあ、夜の顔と昼の顔は変わるものである。飲み会でだけ主役の宴会部長みたいなもんで、普段ショボクレててもはしゃぐときにははしゃぐのだ。天野哲夫も、沼正三名義の著書「禁じられた青春」で書いている。「私とて、さまざまな相反する意見や感情の間に浮遊している。朝（あした）左翼で夕（ゆうべ）にゃ右翼、夜の夜中にゃエロチスト」。

まったくもって真実を衝いた言である。ペニスが勃起している時だけあんな形であるように、「変態」も常時変態ではない。四六時中エロチストなら、即刻お縄になる。SM的な意味でなく。「ギャグマンガ日和」のクマ吉くんも、ふだんはフツーのメルヘンキャラだ。でも動物小学校の猥褻事件は、絶対犯人こいつである。「ボクは変態じゃないよ。仮に変態だとしても、変態という名の紳士だよ」って謎弁明とともに連行されていく。

ああそうだ、とても真実を描いたタイトルがありました。『究極!! 変態仮面』！変態という仮面を被るのか、仮面を脱いで変態に戻るのかは人それぞれだと思いますが。映画版での鈴木亮平は不思議に適役でしたね。春風亭百栄の落語『露出さん』も、露出狂っていう刑事事件レベルの人物が町の人気者になってて面白いです。筒井康隆の「ポルノ惑星のサルモネラ星人」最上川博士なみの変身をする変態は、あんまりいない気がしますが。

余は如何にして変態となりしか

名だたる変態さんも、もともと変態さんだったわけではない。けれども、その萌芽のようなものは、ある。先に引いた『禁じられた青春』で、天野哲夫の「性の目覚め」として描かれる最初の思い出話は、なんと小学一年生。「私の性の目覚めは、確かに並外れたものをはらんでいた」とご当人が書くとおり並外れていて、舞台は昼休みの校庭。手洗い場に、女の子がうがいにやってくる。少女が水を吐き捨てたところへ、天野少年は手を差し出して、その水を手で受けて飲み干すのである。それを見た少女はというと、ウフッと小さく笑うのである。

その笑いは、理解できぬものに対する笑いでない。「共犯者の黙契のサインというか、奇妙な誘惑的笑いであった」。「これが、自ずからなる私の生涯へ至る儀式の第一歩なのだろうか」。

第一歩どころか、この先の歩調もことごとく、なのはご存じの通りである。場末の映画館で青年に痴漢される、なんてのがほのぼのエピソードに感じられてしまうほどだ。「皇紀二六〇〇年は、私が大人へと開花した記念すべき年でもある。自瀆を知ったのがこの年である」

って書き出しで、同級生の友人の手で初めて射精した話が語られたり。後輩の凛々しい少年・宮原守男に心を寄せて、「神聖なるべき講堂は、式典の際には陛下のご真影をおまつり申し上ぐべきその講堂は、この非常識な一生徒のひそかな愉楽によるザーメンによって汚されたのである」なんて事態にもなる。

もっとも、天野氏の書くこのくだりには、私も百パーセント共感ですね。下級生の宮原くんについて、「路上でこの宮原から上級生として敬礼を受けるとき、私は顔の赤らむ思いを苦労して押し隠した」。というのも、「年齢の点ひとつを除けば、それだけの体の大きさや体力の点を除けば、あらゆる点で、この少年の劣位にあるという自覚からする快感のなせるわざであったろうと思う」。天野氏の「下級生によって征服されたい」という心持ちはたいへんに民衆の共感を呼ぶものでありまして、私も、とかいって神木くんやら悠仁さまの話題にもってくと不敬にもほどがあるから今日はやめとくよ。

だから神父の話をしよう！　そっち方面への不敬はいいんだ、っていうセルフ突込みはさておき、イエス玉川の話もさておこう。そちらの話は別にして、『ジェローム神父』のお話です。みんな大好きマルキ・ド・サド&澁澤龍彦の訳本である。気まぐれに少女を強姦・殺人した男が、船に乗って悪徳快楽のついでに金をもうけ、暴政と暴虐の温床であるシシリア島で神父になりさらに、という。ここからエロ要素を抜くと船乗りシンドバットっぽくなるんじゃないかと一瞬思いましたが、残念ながらそこは重大すぎるので抜けないのだ。抜ける抜けないの言葉遊びは省略します。

「変態」漂浪記

そもそも「変態」っていう単語からして、そういう異義があるのでした。生物学用語では、イモムシがサナギからチョウになるみたいなメタモルフォーゼというか、ああこれも「変身」と言えますね。菅野聡美『〈変態〉の時代』によると、もともとは明治期に、「正常でない状態、異常を意味する言葉」として使われてたらしい。その後、「変態性欲」って繋げて使われ始め、「変態処世術」・「変態結婚」・「変態輸入船」なんて、とりあえず変態ってつけとくノリの時代を経て、「エッチ」なんて現代語にバージョンアップ、と。変態の変態しっぷりが半端ないんである。「エッチな……」っていう表現になりますと、主にノーマルな範疇での性的なものを表すのに、その原語の「変態」は「異常」だったと。異常性欲の浸透と拡散かな。

異常、イコール病気ではない。健康と病気、正常と異常の区別くらい、明確にするのに困難なものはあるまい。たとえば異常性欲者が、自分の状態に完全に満足している場合、これを病的と呼ぶべき理由がどこにあろうか。と、我らが澁澤龍彦が書いておられるわけですが、この考えは今の世間でもそうで。現在の国際的な精神科の疾患分類、ICD-10やDSM-V、日本の「精神科疾患の治療指針」においても、それによって鬱とかきたしてなければ治療の対象でないとしている。世界が澁澤龍彦に追いついたのだ。とか書きかけましたが、ホントに追いついたら大変ですんで踏みとどまりました。

精神科医でもあった斎藤茂吉の全集には、『変態性欲と其害毒及治療法』なんて文章も載っている。「性欲異常者、色情倒錯者は、一つの変質者である。社会学的にいへば、社会的消極(social-negative)の人である。さういふものは社会的に役に立たぬばかりでなく有害である。吾々はさういふ有害なものを除く方が好い」。

大正十五年の文章である。現在とは治療基準がちがううえ、息子の北杜夫や斎藤茂太が、茂吉の巌窟親父ぶりを書いているのを読めば、こういう文章にも納得である。同じく「性欲」って文章では、オナニーもよくない、欲望を我慢する「制欲」が大事だと説く。それは、「性的衝動は単に肉体的器官でなく、人類愛の最高形態にまで向上せしめねばならないのであってなれば、大切な時期にその特徴を乱してしまふというのは惜しいことだと謂ふべきである」、「私は禁欲主義者でなく、寧ろ性欲讃美者であるから……」。息子たちいわく、茂吉はロマンチスト、ってのに完全同意だ。ロマンチストは病気ではないんだろうか。現在の疾患分類では、先と同様に対象外だ。

天野哲夫ならこう言うぜ

もちろん「変態」だけじゃない。あらゆる言葉は意味の変遷を重ねて多様化してくるものである。こないだツイッター見てて、面白いツイートがありました。初めて射精することと、物事に詳しいことが、どっちも「精通」なのはおかしいと。うーん、初めての射精が精通なのは、まあイメージできる。さて、「物事に詳しい」ほうは。先に覚えた少年がうぶな級友にとか、先の天野哲夫みたいなシチュエーションか！　異なった意味に見えて実は一緒であったのだ。そういえば「精液」って言葉も面白い、青い米の液ですよ！　もっと言うと「液」は夜の水で、匂いたつものがある。薔薇、もそうで、男性同性愛方面の香り。「バラ色の未来」なんて常套句も、今日は違って見えてくる。シャセイ大会、も、エッチな用語にしか見えないケガレタ大人になりました。超天才フィギィアスケート選手Hが中学時代同級生たちとAVでシャセイ大会もよおしかなりの巨根説、なんて噂の眞相一行情報めいた話は措き。「風俗」もそうですね。いまや、性的なほうに限られた使用ばかり。

風俗といえば柳家喬太郎の名曲、『東京ホテトル音頭』、『東京イメクラ音頭』なんてのがありまして。イメージクラブ、コスチューム・プレイっていうのも、相手を変身させることで欲望が増すという変態的なところがありますが。澁澤龍彦の小説、『菊燈台』は傑作でした。奴隷の美青年・菊麻呂が、罰のために燈台の代わりにされる。それを、妖しい意味も込めて「菊燈台」と呼ぶという。

さあ、ようやく道具は揃った、スゴイことを書きましょう！ 先の文章の「菊」とは即ち、性器としての肛門を指す「菊」である。そして菊といえば、カーテンの先を覗き見れば皇室である。ここまでずっと書いてきた通り、言葉には多義性があり、その多義にもまた繋がりがある。「菊」もフトした間に変態する。かしこまった式典で菊の御紋を目にするたび、それが少年の肛門に変容し、その少年の顔を仰ぎ見ると、もちろん神木隆之介である。ここで天野哲夫なら、宮さまの名も即座に書いただろう。いやもっとスサマジイことを書いただろうが、ざんねんながら私はいま賢者タイムでして、変身する力もなくしイモムシのごとく腐れるのみであります。

（トーキングヘッズ叢書 No.73「変身夢譚」、二〇一八年一月）

転機としてのスキャンダル~秘密がバレてから、物語は始まる

若き日の思い出ばなしをします。中学に入りたて、十二、三歳のころ。私だって純朴であどけない少年だった。そんな可愛いショタの私が、ひとり静かにオナニーを楽しんでいるというのに。その最中にドアが開く。何の前触れもなくいきなり開く。ビビって思わず手が止まる。母親と目が合う。という、中高のころの気まずい思い出は、割とありがちなものですよね。いきなり同意を求められても困ると思いますが。

母親が来た理由は、特段大した用事でもない、ただ夕飯で呼びに来ただけ、ってとこまで含めてありがちの笑い話だ。まあ、大した用事をその最中に持ってこられても対応できるわけないいんだけど。

そのあと食卓で顔を合わせて。どんな会話を交わせたのか、交わせなかったのか。その内容、空気感、まるで覚えてない。覚えていたくもない。でも今たいして仲悪くもなってないから、さしたる大事もなかったと思いたい。

当代の神田伯山はけっこう、おおごとになっていた。母親にバレないように、射精せずにことを済ます手法を生み出し、そのせいでEDになったりしたうらみをラジオの、母の日の放送

で語ってた。さすがにここはありがちでないような。

秘密がバレてから始まる恋

おまる『さよならコンプレックス』では、逆のことで困ってる。ちょっとしたことでも過敏に下半身が反応し、そのうえ一回勃起したら、射精するまでおさまらないという厄介な体質の大学生・春仁。ふだんは即座にトイレに行き、オナニーで済ませているが。飲み会で帰り道も一緒になったイケメン・浅彦と満員電車で密着して、果たして勃起して。とうぜん春仁くん焦るわけですが、浅彦は澄ました顔で「……勃ってる」、「すごい硬いね」、「出さないと治まらないんじゃない？」ってエロ展開、と。そしてハッピーエンドに向かうわけです。

吉田丸悠『大上さん、だだ漏れです』の場合は、さて。これからどうなるんでしょうか。高校生の柳沼くんは、いつも寡黙で無表情だけれど。誰かに触られると、触った人がそのとき思ってることを口に出してしまうという。相手に迷惑がかからぬよう、柳沼くんは極力、人との関わりを避けてるんだけど。そんな柳沼くんを好きになった大上さん、ことあるごとに触れちゃって、「チンコ見せて」なんて口走る。彼女、中学では「エロ大魔王」なんて異名も持つ逸材だったんである。

一般的には、仲良くなってからお互いの秘密を知り合っていくものだけれど。最初に秘密を知られてから、始まっていく恋も面白い。大上さんからしたら、柳沼くんの心中も知りたいところだろうけど。さっきの春仁くんの場合も、知られたらまずい、治したいと思うから自分の体質を秘密にしているわけですが、浅彦は春仁の体質を「めちゃくちゃ面白いなと思ってる」。こちらも面白いなと思って読んでる。

ばれた後の世界は地獄なのか

シナガワ『聞いてるの？ マネージャー』の秘密も笑えました。トップアイドル・ヴィノジトの、キラキラしたイケメンのメンバー全員、ゴリゴリのオネエという。楽屋ではオネエ言葉全開で下ネタ喋ってる。けどもちろん、ＴＶやライブではビシッと決めて、そんなそぶりはいっさい見せない。だから、そういうヴィノジトに憧れてマネージャーになった恵比寿さん、初めて実情を知ったときには「……」って固まる。オネエ声の飛び交うなか、「手の届かない存在だった頃の方が彼らに夢中になれた」なんてしみじみ述懐するときもある。

まあ、基本的に性癖、性嗜好は隠すものですよね。隠すというか、学校や会社とかの関係のなかで、わざわざ話題に出すことではない。なんとなく気づかれていても、黙っていてくれたりする。ヴィノジトのメンバーだって、有吉反省会の出演オファーでもなければハッキリ明かす必要はない気がする。「ヴィノジト」は「虹」って意味もある言葉だから、ピンと来るひとは来るかもしれないが。

鎌谷悠希『しまなみ誰そ彼』は、スマホのゲイ動画の履歴を、クラスでバラされてしまったところから始まる。スマホの持ち主はたすくくん、自分でもゲイだと認識してる。でも、「兄貴が送ってきた釣り動画だよ」、「バッカじゃねーのホモなんて。キモいわそんなの」とあくまで否定する。否定しながら死にそうな顔してる。「ばれた後の世界なんて、地獄だ」と思ってる。実際、ゲイだとバラされて自殺した一橋の学生さんもおりましたね。

私の家には死にたい人が集まってくる、と「誰かさん」は言う。「誰かさん」は不思議な女性で、いろんな事情をかかえたひとが集う「談話室」のオーナーである。レズビアンのカップル、ゲイのおジイさん、ＦｔＭのひともいれば、それらに理解あるふうをよそおって、無神経な言葉を垂れ流すひとも来る。「誰かさん」はどんなひとに対しても、「なんでも話して。……聞かないけど」と言う。

いわゆる「傾聴」というのが、カウンセリング、精神療法の基本だけれど。話すだけ話させて聞かないってのは斬新ですね。聞かないふりをしてくれてるだけかもしれないが。そういえばヴィノジトのマネージャーも、「聞いてるの？　マネージャー」なんて言われてるし。複雑な秘密の前には、聞いてないふりするというのも関係を保つ上で必要なのかもしれない。見ざる聞かざる言わざる、というのは猿のすることだが、屁理屈も理屈なように、猿知恵も知恵である。人生には、猿の手も借りたいときもあり、猿知恵も役にたつこともあるのだ。

ほじくりかえされる罪と罰

もちろん役に立たぬこともある。ＫＡＩＴＯ『青のフラッグ』で、高校生のトーマはゲイで、幼なじみの太一くんのことが昔から好きなんだけれど、言えない。言えないまま高校三年の夏が過ぎて、ずっと悩んでる甘酸っぱい物語である。

だからって、言えばいいってものでもないが。おくら『そらいろフラッター』の真田くんは、自分はゲイなんだと、転校生の能代くんには明かしてる。明かしたうえで友達づきあいしてる。真田くんは「お前みたいな田舎のジャガイモ　全然タイプじゃないから」なんて言ってたがそのうち、能代くんのことを意識してくる。でも能代くんはいわゆるノーマルで、さあどうなるかというところだ。青もそらいろも、雑に見ればおんなじ色だ。とんぼのメガネはみずいろメガネなのは、青いお空をとんだから、とーんだーかーらーなんである。私のメガネが黒縁メガネなのは、黒い闇夜を飛んだから、ってちょっと中二的かっこよさありますね。でも本当は、どす黒いドブに浸かったから、ドーブだーかーらー。なにもこっちも歌う必要はなかったですか。この穢れはもう落ちないが、いろんな秘密が塗り隠されて便利かなと思ったりもする。

いくら塗り隠しても、秘密をほじくりかえす奴はいる。ひとつの罪を犯し、それを隠したいがために、さらに罪を重ねねばならなかったりもする。内海八重『骨が腐るまで』は、壮絶な物語だった。妻が死んでから、息子のシンタロウに暴力をふるい続ける父親。シンタロウのクラスメイト五人は協力してその父親を殺し、洞穴の奥に死体を隠す。毎年その骨を確認し、秘密を守ると誓い合う。

それから五年が経ち。いきなり骨が消え、代わりに携帯電話がある。着信が鳴り、バラされたくなければ、と、手酷い指令が次々と来る。腐乱した死体を解体しろだの、全員この場でハダカになれだの。仲間のひとりの命も奪われる。罪をへたに隠しそうとしたがために、より大きな代償を支払わねばならなかったのである。「神は罪を憎まない。罪のバレる間抜けさを憎む」とは立川談志の好んだフレーズだ。

バレない秘密なんて

そう、バレない罪は祝福されるのだ。ジャン＝ジャック・フィシュテル『私家版』を、初めて読んだのは中学ぐらいで、あの衝撃といったら。主人公の出版社社長・エドワードには、ゆるせない相手がいた。昔からの知人で小説家のニコラだ。思いあがったうぬぼれ屋で、自分の恋人を死においやった男だ。彼に復讐するため、或る計画を立てる。ニコラの作品が、昔の無名作家が出した私家版の本の盗作だった、としたら。エドワードは偽の私家版の本を念入りに制作して、古本屋などに配置する。

果たして計画は成功する。ニコラは盗作作家ということになり、世間から糾弾され、失意のままに死ぬ。この小説のラストはこうだ。「わたしに取り憑いていた悪魔を追い払ったわたしは、わたしの〈失われた楽園〉を取り戻したのだった。『ジークフリート、ここに聖杯がある！　罪は赦されたのだ！　歓喜だ！』」。ハッピーエンドが過ぎるだろうと思った。どこかでこの「私家版」がニセモノだとバレるのだろうと勝手に決めつけて読んでいたから、この「歓喜だ！」って叫びにめちゃめちゃビックリした記憶がある。

でも世の中に、バレずにいる秘密なんて、いくらもあるのだろう。傍からすると、秘密はバレたほうが面白いのだが。っていうかバレてない秘密なら、そもそも存在すら知りようもないのだし。

　ただ当人からすれば、バレないのが一番だ。なんてことはない。春仁くんと浅彦の場合のように、秘密にしていた欠点がバレて、その欠点も含めて認めてくれる関係性が築けることもある。ベッキーも乙武洋匡も、騒動後のキャラチェンジはいい感じのようである。スキャンダル発覚は、次のステージに進む転機にもなりうるのだ。もちろん、その転機は下手すると死を招くが。

　唐突に医学部時代の話をするけど。二週間、遠方の病院で実習することになって。実習班のメンバー全員、病院寮で生活した。部屋はひとり部屋だったけど、班のなかにヤンチャな陽キャがいて。勝手に部屋に入り込んできたり。ぼっちで陰キャの日原さんは、まったくの想定外で、フツーに山佐木うに『困らせたがり症候群』とかのＢＬや、神木隆之介の卓上カレンダーとか放り置きしてたからサァことだ。果たしてバレて、さんざいじられて。でもそれだけで終わった気がする。ことさら引かれもせず、物語が始まることもなく。これが現実の日常である。もっとヤバいことがバレてたら、物語が始まっていたかも知れないが、ホモとか腐男子よりヤバいこと、ねえ……。バラすために秘密をつくってみようか、とか。まあ本当のことを言えば、ヤバい秘密なんてあと二つくらいはありますが、それについて話しだすと長くなるよォ。

残りのスペースじゃとうていむりだ。それについてはまた今度、書くことと致しまして、今日はこれにて逃げ去ろう。

（トーキングヘッズ叢書 No.75「秘めごとから覗く世界」、二〇一八年七月）

変態の世紀～ＢＬと百合と腐女子の世代、平成

平成が生んだ三大美少年は、神木隆之介、羽生結弦、悠仁親王殿下である。異論はみとめない。小泉光咲くんも追加するべきだという民の声もありますが（私の中で）、平成という時代は、この四人を生むためにあったたんである。しょっぱなから飛ばしすぎな気がするが大丈夫ですか日原さん。いいんだ、私は平成元年に生まれ平成とともに育った、平成に生まれた平成の男である。なんか勢い込み過ぎて歴史に生まれた歴史の男・山根明みたいな言いまわしになってるな。そんな平成生まれも、アラサーと呼ばれだして呼ばれるままに時が過ぎ、もう今年で三十路なのである。自分でも書いててびっくりだ。

『おっさんずラブ』と東郷健

好きなものを好きだと書ける。すばらしい世の中である。美少年もイケメンも好きだ。深夜アニメもＢＬも百合も好きだ。平成もいよいよ押し詰まったＨ30年、ドラマ『おっさんずラブ』（通称・ＯＬ）が大人気だった。単発ドラマからはじまって、連ドラとなり火がつき、ツイッターのタイムラインが盛り上がっていた。映画化も決定し、二期もあるという噂です。サラリ

ーマンの田中圭が、社内のイケメン・林遣都、頼りになる部長の吉田鋼太郎などにモテまくるという、そんな雑なあらすじ紹介でいいんでしょうか。でも、男同士ってだけで、まっとうなラブコメだったと、これもTLで見た。気になってていよいよ観ましたが、やっぱ面白かったすね。

ってていうか林遣都は、H28年の映画『にがくてあまい』でもゲイ役だったり、H24年の映画『悪の教典』でも男の美術教師とつきあってる生徒役だったり、そういう役ばっかなイメージが。『悪の教典』冒頭では林遣都と教師のベッドシーンがあって、口でされてあえぐシーンがめちゃくちゃエロくて、私にとって林遣都はずっと「悪の教典でフェラされてた少年」って認識だったんですが、あのときもう二十一歳だったんですね。六年後の『おっさんずラブ』ではそこまでのエロシーンはなかったので、映画のほうで期待かしらん。

いや、エロはなくとも、とても面白いドラマではありまして。林遣都とつきあってる、と田中圭がオフィス内で公表すると、一瞬間があいたあと「ブラボー！」ってみんなから祝福されたり。林遣都の家に挨拶に行くと、父親からは「ふざけるなー！」って猛反対されるが、母親や妹は歓迎してくれたり。その後もいろいろあったけど最後は、って勢いで最後までネタバレしそうになってますが。あと、H30年のほぼ同時期のドラマ『隣の家族は青く見える』では北村匠海と眞島秀和がゲイカップル役で、最初は眞島秀和の母親は反対してたけど、最後は二人で同性パートナーシップ証明書を役所に貰いに行くという。こっちは流れるように最後までネタバレしてる件は反省するべきですね。

そもそもこのパートナーシップ制度は、H27年に渋谷区で初めて施行されたものだ。いまネットでググりながら書いてますが。この制度は、渋谷区に住む同性のカップルの申請により、結婚してるような関係であることを認め、証明書が発行されるというものらしい。快楽亭ブラックや宅八郎が渋谷区長選に立候補するというお笑いがH19年にあって、もちろん現区長はまともそうな長谷部健氏だけど、やるときはやってくれます。快楽亭の区長ならもっとカゲキな施政かもだけど。

その後、保坂展人区長の世田谷区や大阪市など八都市でも施行されてるみたいですが、逆に言えば、他はそんなのないんである。この制度にしても、住民でなければ申請できないし、ほかの都市に引っ越すときには、証明書を返さないといけないという。やっぱり結婚とはちがって、不便な点はいくつもある。

とはいうものの。そこまで来るまでにも、大きなタタカイがあったわけで。セクシャルマイノリティの権利獲得運動は、批判的に「ゲイリブ」とか呼ばれたり、ゲイパレードで行進する面々をみても、圧倒的に陽キャ感がつよくて、セクマイでも陰キャな私はあんまり親近感もてなかった。けれど、そういう運動があっての今日だというのはわかっております。昭和の時代にはみんな大好き東郷健がS46年から何度も選挙に出て、演説はいまもYoutubeで見れる。「いまの社会では、男が男を好きになっても、女が同時に何人かの男を好きになっても、異常者よばわりされてしまう。一夫一妻制、純潔教育というものは、いまの体制を維持するために、権力者が考えだした管理法に過ぎんのや」とかいま聴いてもすばらしいが、まあ泡沫感がすごい。H8年の森奈津子『耽美なわしら』には、「同性愛者解放戦線」なんてものがでてきた。異性愛者は逮捕だというスゴイ構想がねられてて、もちろん計画だおれだけど面白かったですね。

BLの浸透と拡散

私が森奈津子作品に初めて触れたのは、H8年に出た『SFバカ本』という、ハチャハチャSFばかり集めたアンソロジーでである。梶尾真治『怒りの搾麺』、岬兄悟『吸血Pの伝説』など強烈な作品がならぶなか、森奈津子の『哀愁の女主人、情熱の女奴隷』が載っていた。持ち主を事故で失ったメイド型アンドロイドと、それを相続した女性と、死んだ持ち主の娘の百合SFで、なんだこれって感じだった。そしてH9年の『SFバカ本 たいやき編』には、大傑作『西城秀樹のおかげです』だ。破滅した地球で、西城秀樹の「YOUNG MAN」を聴いていたレズビアンとゲイのふたりだけが生き残る。そこに、破滅させた元凶の宇宙人がやってきて、おわびに人類再興でもなんでもしてくれるという。が、生き残ったふたりの望んだのは、各々のハーレムをつくること。有性生殖はおこなわれることなく数十年後、人類はほんとうに滅亡するという。

これが文化だ、と思った。退廃の極致。こんなすごい短篇が、ハチャハチャSFのなかにまぎれこんでいるなんて。読んだのはどちらも中学ぐらいだが、H9年には「津原泰水」のデビュー作『妖都』も刊行されている。両性具有の美しい少年がでてくるシーンの迫力が凄かった。

H12年に出た北杜夫の短篇集『消えさりゆく物語』は、たぶんリアルタイムで読んでいるが、こちらも衝撃だった。私は小学六年くらいか、父に教えられ読んだマンボウシリーズは大好きで、その北杜夫の久しぶりの短篇集ってことで買ったのだ。ふしぎなお話がならぶなか、たいへんに抒情的な名作『みずうみ』があった。みずうみで出会った少年ふたりのBL短篇である。

次もほぼリアルタイムで読んだ、H18年『いつでも弱酸性』。頭がおかしいギャグマンガだったけれど、フツーに女子に恋する女子が出てきてた。

大学生になって、深夜アニメをみはじめたころ。とつぜん男同士のラブシーンがはじまってびっくりしたこともあった。たぶんH23年の『世界一初恋』だと思いますが。ノイタミナでご存じ、志村貴子の『放浪息子』が放送されたのもH23年だが、コミックビームでの連載開始はH14年。H27年には、『やはり俺の恋愛ラブコメはまちがっている。』の放送もあって、ぼっちの八幡にまとわりつくショタキャラ戸塚くんの可愛さとエロさがすごかった。H24年のなもり『ゆるゆり』は何度もアニメ化された大人気ギャグ百合マンガだ。H23年に連載が始まった谷川ニコ『私がモテないのはどう考えてもお前らが悪い！』は、当初はぼっちあるあるマンガだったが、現在は完全に百合マンガですね。

映画ですごかったのは、なんといってもH26年の三池崇史監督『神様の言うとおり』だ。福士蒼汰に向ける神木隆之介の狂気の愛がスサマジイ作品なのだ。

そしてH28年。『週刊少年マガジン』連載、なのに。長門知大『将来的に死んでくれ』は、直球の百合&BLマンガで、すばらしい時代が来たと思った。セクシャルマイノリティはもちろん、数が少ないから「マイノリティ」であるわけだが、それでもすぐ隣にいうるのだと、徐々に世間に理解されてきたことの証左であろう。BLと百合が世間に浸透し、拡散しているのである。

変態の世紀

もちろん、需要があるから供給がある。それだけ作品がでてきた背景には、読者がいるわけで。BLの読者である「腐女子」、「腐男子」側の物語は、いまではもうかなり多くありますが、そのさきがけとなったのはH18年の小島アジコ『となりの801ちゃん』あたりでしょうか。このころは、まだまだ、外ではまともな女子のように擬態し、家の中で本来の姿に戻るというスタンスだったが。H28年のしののめしの『すすめ！オタク一家』になると、OPEN度が高くなってきて、母娘で「このライバル（男）は主人公（男）のこと愛しとるやんな……？」、「愛しとると思うで」なんてバカな会話をしてたりする。これにかぎらず、両親がオタク第一世代で、子どもに英才教育を、というのはもはや定番のネタだ。H28年にアニメ化もされたみちのくアタミ『腐男子高校生活』では、学校内でフツーにBL妄想を繰り広げる生徒たちがいて、いい青春だなあと。学友ともそういう話題を共有できる時代になってきたのだ。知らないが。H30年の『メタモルフォーゼの縁側』にいたっては、BLを通じて書店員の腐女子と市井のおばあちゃんが交流を深めるというほのぼのハートフルストーリーだ。

数ある腐女子マンガのなかでも、最高傑作と言いたいのは、H28年のつづ井『腐女子のつづ井さん』である。つづ井さんもまわりの友人も、わりといろいろヤバすぎる。友人のMちゃんの「BL本読みながらあたりめの匂い嗅ぐと……臨場感がすごい」って発明とか、オタ友同士で架空の彼氏から貰ったプレゼントを披露するという「恋人がいそうなクリスマス選手権」など、何度この本を読み返して笑ったことか。なぜか三巻で完結してしまったが、ツイッターで今も彼女たちの行状は知れる。ほそぼそ見ていたら、急に『裸一貫！ つづ井さん』連載はじまってめっちゃ嬉しかったです。

腐女子をあつかったマンガがこれだけ増えてきたのも、同性愛者だけでなく腐ッタ者たちも、世間で「あたりまえにいる存在」として、ほんのりと認識されてきたという平成の終わりの現実があるのだろう。そういえば、平成の略称である「H」は、まさに変態の意味をなす。最大限の敬意をもって、平成を「変態の世紀」と呼びたい。そして、悠仁親王殿下が天皇の座につく日を、心して待ちたいと思う。一刻もはやくその日が来るよう、とかいつもの鈴々舎馬風師匠のネタをかぶせようとおもったけど、それはマジでヤバいやつじゃんと途中で我に返ったのでやめておきます。平成の最後までへたれかよ。

（トーキングヘッズ叢書 No.78「ディレッタントの平成史」、二〇一九年四月）

第二章　この美少年がスゴイからみんな見て

私が愛したマジキチ少年アラカルト〜偶然にも最高な少年

震えた。画面に目が釘づけで心奪われて、以来奪われっぱなしである。神木くんを初めて観てからは。

うん、いきなし本題に入りますぜ。普段なら、ちょっとは笑ってもらおうとテキトーな雑談振るけど。今回はそんな余裕ない、神木くんに関してはガチにメロメロになっちゃうんだ。

私の初恋相手は、神木隆之介なんである。それまでは、愛とか恋とかＳＥＸとかまったく興味なかったし、ＴＶもほとんど観てない。けど、クドカン脚本の『11人もいる！』。なんとなく眺めてたら、偶然にも最高な少年に出くわした。ここの神木くんが、すっごい、すっごい、すっごいキュートなんですよ。語彙力ないぶんリピートで押すぞ。

神木くん、貧乏大家族の長男で、ダメお父さんな田辺誠一のぶんまでがんばるんだ。その姿を応援したくなるし、一緒にがんばりたいって思うし、最終話での神木くんの女装姿も胸にズキュンときた。あと股間にも。今まで純なこと書いてきたのに、そのフレーズここで挟む必要あったんか私！

それから、いろいろ神木作品を観だして。といっても未だ、数は多くない。「とっておき」にしてるせいもあるし。観るたびいちいち胸キュンで死にそうになるんでダメージでかいんだ。でも今回コレ書くにあたって、だいじに残しといた『妖怪大戦争』、観ましたよ。

もちろんすばらしかった。三池崇史監督で、水木荒俣京極宮部の『怪』グループ原案だし出演もしてるし、ロケ地は水木ロードで、って時点でものすごく面白そうな予感しかないですが。主人公は東京からきた、怖気がちの少年。だけど、お祭りで「麒麟送子」に選ばれて、妖怪たちと仲良くなり。小さな猫もどきの妖怪・すねこすりを助け出すため、悪霊軍団に戦いを挑むんである。

まあ、拙い文章のせいで面白さが伝わらないのは俺のせいとして。十二歳の神木隆之介の、瑞々しく可憐で美しい表情だけ見てても二時間、じゅうぶんにもつんだ。

当然、それは二十二歳の今もそうだ。某国粋評論芸人さんが、成長した神木くんは興味ない、などと言ってたらしいけど。まあ好みは人それぞれだから、なら向こう行ってろ、俺の神木くんに近寄るな、という感じだ。むかし、電車のなかで神木くんを見て、可愛くて犯したいと思ったべや。とぬかすノンケの知人がいて。てめえみてえなベヤ男がなに思ってやんだ、どこ沢君だと柄にもなくブチ切れたことがあった。勝手にNTR気分になって、そんなプレイは楽しめねえ。

マジキチ少年王・神木隆之介の議

もち、あの頃から成長はしました。神木くん、長じてマジキチ少年となった。予想の斜め上すぎて、北朝鮮拍手ものであった。

ええっと、『妖怪大戦争』はもちろん、『11人もいる！』・『家族ゲーム』あたりまでは、ストーリーの最初はまともで可愛い子、でしたよね。物語が進むにつれて、周囲によって徐々に狂わされてくみたいな。

だけども『SPEC』の神木くんは。最初からマジキチモード全開なんだ。絞首台の死刑囚の前にいきなり現れて、「助けてあげようか？ ……やーだよっ」とにっこり笑ったり、超能力者たちの会議に出てほぼ皆殺しにしたり、外人デブ女をブチ殺して布団にくるんでマスタードかけて、ホットドッグに見立てたり。ハイレベルな悪ガキなんである。

そうなったのも理由があった。と、のちのち明かされるんだけど。そんなエクスキューズなくてもまったく違和感なく。っていうかハマりすぎてたわけだ。

一（ニノマエ）十一という、時間を止められるという超能力・SPECを持った少年役。

ふだんは、お母さん思いの優しい男の子。『けいおん！』大好きなようで、クレーンゲームで唯ちゃんのフィギュアとるのに夢中になったり、豊崎愛生ゲストのじゃんけん大会めあてにアニメイトへ行きたがったり、時間を止めてぽんぽん人を殺したりする。無敵なんである。やたら死にたがる『絶対安全剃刀』（高野文子）の少年と逆の、絶体絶命剃刀みたいなやつだ。「僕の名前は一十一。この世界のキングだ」と、キッと一点を睨むシーンもカッコよかったし、その後の「……決まったあー！　今の、練習してたんだよねー！」なんてのたまって、いっぱいの笑みをこぼしてたのも、いや、ほんっ……とに可愛かったっすね。このマジキチ少年王のとなら、どんな圧政も耐え抜けるんだ。

まあ、ニノマエも結局、警察によって殺されてしまうのだけれど。その後も霊界から甦ったり、クローンでニノマエがいっぱい現れたりした。クローンの失敗作も山積みされてて、それ一人くれよと思った。そのうちメカニノマエも出てくんじゃないかとか謎ワクワクもしたり。古代ローマ人 Ver. でニノマエ・ロマエとか。あんま洋ショタは好みでないが。勝手に妄想しといてなんだその言いぐさ。

冗談言ってる場合じゃなく。このあいだの三池映画、『神さまの言うとおり』も大変なもんで。負けたら即死のだるまさんごっことか、暇を持て余した神々の悪ふざけみたいな状況のなかで、

「これが俺の望んだ世界だ、神様ありがとうっ……」と恍惚の表情を浮かべ、鬼活躍しまくる神木くんの凄さもあるし。作中のマジキチ高笑い、ケータイの着信音にしたいし。「高畑瞬（福士蒼汰）のことが好きか、YES OR NO？？」と訊かれるゲームのときに、神木くんは「イエス」って冷酷天使の笑みで答えるんですが、後のインタビューで神木くんは、「『瞬を恋人だと思えばいい』と考えてイエスと言いました」なんて言ってる。って件とかについても、ほんとはちゃんと書きたいし、あああと『学校のカイダン』とか『お父さんのバックドロップ』についても触れたいんだけど、このままだと今回、神木くんだけで終わりそうな勢いなんでこの辺にしときますか。

絶体絶命Kランキング

うーん、でも、も少し神木話題続けますぜ。今回はこういう、かなり頭おかしくて危なくて、だからこそ可愛い少年たちについて書こうとしてたんですが。この、マジキチ可愛さの単位として、「kamiki」を使っていこうと。落語『真田小僧』のずるがしこい子どもは25％kamikiだ、とか。神木くんの二割五分くらい頭おかしくてかわいい、って意味です。

僕のいちばん好きな映画は、チャップリンの『ニューヨークの王様』なんだけど。これにも変な子が出てくる。チャーリーの息子、マイケル・チャップリンである。どのくらい変かというと、な、70％ kamiki くらい……？　共産党の家に生まれ、両親は逮捕され施設暮らしなら、そりゃヒネクレもするだろうが。天才少年だから、元国王のチャップリンに論で勝つのもまだわかる。けど、その後この子、王のもとに転がり込む。王の甥っ子と名乗り出す。来客に、自分の父親は王の弟だけど、自由主義者で王と仲悪くて、自由を求めて米国に亡命したけど……とか衝撃のウソ生い立ち語り出す。これはけっこうキチ度高い。

マイケルと同じ施設には、菓子づくり名人な子もいた。ヴァーヴァァヴァーヴァ、ヴァーヴァヴァーヴァ、なんて由来不明の曲を歌いながら菓子の生地こねて、チャップリン見てる前なのに、自分の鼻クソを生地に練りこむ。うーん、30％ kamiki くらいかな。

子どもたちで社会を組ませると、みんなおかしくなってくのかしらん。腐ったミカンの方程式は、『こいつら100％伝説』にも当てはまる。少女漫画界に咲くドクダミの華・岡田あーみんの生み出した、忍たまB面みたいな三人組。満丸・極丸・危脳丸。字面からだと危脳丸（あぶのうまる）がいちばんヤバいやつぽいけど、見た目はシンベエみたいな満丸が実はかなりのワルだったり。僕の好きなのは極丸（きわまる）ですけど、べつに発表しなくていいんだ。80％ kamiki くらい。

もっといい線いってるのは、実は『うちゅう人　田中太郎』だったりする。田中くん、宇宙人だからなんでもありなんだ。頭のなか虫かごにしたり、脱皮ダイエットしたり、怪物くんみたいに腕伸ばして、友だちにカンチョーしたりする。神木くんみたく、血が噴き出るような生々しい殺し方はしないけど、ギャグマンガだからあちこち爆発させる。85% kamiki くらいなるんじゃないか。

あと、伊藤潤二の『双一の勝手な呪い』の、双一くんも大概である。藤子Ⓐ先生の『魔太郎がくる!!』の魔太郎を、もっと意地悪くネクラにしたようなやつ。魔太郎はまだ、いじめに対する復讐だったりして呪うのも理解できるけど、双一のは完全に逆恨み。しかも毎度毎度、けっきょく失敗してしまう。なのになぜでしょうね、たまぁにキチかっこよくてビビるんだ。同じく、85% kamiki くらいで。

男子高校生に殺されたい

マジなキチではなくて、それに憧れて真似してるだけのファッションキチくん、まあ「中二病」のかたがたは、どう扱えばいいかなあ。単位を% kamiki、とでもしとくか。普段はキチのふりしてても、ほんとにヤバいときはダッシュで逃げるようなやつらである。

亜樹新『ぼくのとなりに暗黒破壊神がいます』の、ミゲル。いつも眼帯してる邪気眼系で、黒服長袖のゴシック系?・ファッション。ツッコミ待ち誘い受けの小悪魔的子犬的な存在である。至ってフツーの男の子・小雪芹に絡んでいき、構ってもらえないとすぐスネたりする。72% kamiki´ くらいですかね。

V系バンドに影響されて、ってパターンもある。篠原健太『SKET DANCE』の、ダンテ。格好はもちろん言葉遣いもで、「過ちのエンジェル」（間違ってます）みたく、通訳が必要なんである。でもうまく解読してもらうと、嬉しそうにコクン、ってうなずくんだ。そんときはめっちゃ可愛くて、88% kamiki´ くらいいく。

っていうかスケダンには、一見リア充ふうだけど実は……みたいなキャラ多すぎんですよ。学園生活支援部、通称「スケット団」の部長・ボッスンこと藤崎佑助からして、優しくて仲間思いのがんばりやだけど「地味で卑屈でメンタル弱い」し、実は両親が……みたいな闇サイド抱えてる。87% kamiki くらいあるでしょう。映画になったら、やっぱ神木くんで観たいと思うわけですが。

いやいや神木くんなら、スイッチ・笛吹和義のほうだろうと。めちゃめちゃ頭よくて情報通の知性派眼鏡イケメンなのに、ＰＣ音声介してしか喋れない。その理由も、弟との悲劇エピあったりする。99％kamikiで。

と、今はまだ、言えど。神木くんももう二十二歳。いずれは、学生役をやらなくなる日もくるんだ。なんだかしみじみしちまうが。

そしたら、是非とも中馬先生役で。学園生活支援部の顧問で、基本やる気なくめんどくさがりやのマッドサイエンティストである。頭は短髪だから、神木くんの、髪切った姿も見れるし。そんな脱力ダジャレでメるんか俺。今回はすごい力入れようと張り切ってたのに。髪でなくて張り切った、とか押さなくてよかったし。そんなくだらないダジャレ言ってたら、SPECで時間とめて首チョン切られてもしかたない。っていうかむしろ本望だ。神木隆之介に殺されたい！

（トーキングヘッズ叢書No.63「少年美のメランコリア」、二〇一五年七月）

私が愛した生首アラカルト

私は首フェチだ。いきなり何の告白をしてるんだ。あとショタコンで落オタで自己中で変な髪形でダサメガネで……とか他にいろいろ告白しても、「首フェチ」というスペックが持つ威力にはかなわない。チビでハゲでデブで……ってウソの告白混ぜてもかなわない。まあ、背は昔から高い方だから縮むことはないと思うけど、ハゲとデブは気をつけにゃなりません。特にハゲは、そういう家系なもんで。努力してもどうにもならないこともあると、私は父親から学んでいる。

いろんなことを教えてくれるんだ、父は。鶴はむかし首長鳥と呼ばれてたが、或る日オスの鶴がツー、メスの鶴がルーと飛んできたのを見た人がツルと名づけた、なんて話も教えてくれた。落語「鶴」のご隠居かよ。でも首長鳥って名前が、彼の鳥自身も嫌だったろうことは想像できる。私も自分の名前が嫌だから。「日原」は文字面に呑気なところがあっていいが、「雄一」が嫌だ。特に「雄」。漢字を説明するとき、「英雄の雄」とか「雌雄の雄」とか言うのが嫌で、「左は、片仮名のナの下に片仮名のム、右はフルトリの字です」と頑張って説明しても伝わらなくって自棄になり「実はローマ字です」と大嘘をついている。

鶴の身になって考えてみると、「首長鳥」の首、の部分が気に喰わないんだ。首ってインパクトのある文字なんで。首を取って「長鳥」の方がよっぽどいい、足や嘴も長いしね。と鶴自身は思うが周りは思わない。鶴の第一印象は「首、なげっ」だから。次は「白い」とか「オデコだけ赤なの？」とか「辛口」だとかいっぱいある。日本酒の鶴の話が混ざってるけど。

首、で思いつく言葉を挙げてこう、唐突だが。首都・信長の首・馬の首風雲録・「三島　首」検索ですぐ画像見れるグーグルすごいわ・首屋・首ざぶとん・雁首・首の信長・日本の国家元首は内閣法務局の見解で首相でなくて天皇なのね・首ヘルニア・首のない鳥……。どれもこれも首という一字をとれば、ヌケガラのようになってしまう。まあ「首都」の方は、後ろに「大学東京」をつけても力が抜けるけど。いや偏差値の問題でなくて、首都とか言いつつ日野とか南大沢にキャンパスってどういうことだと。新宿や飯田橋にあるのも逆に間抜けだ。アリバイ工作みたいで。なんて思ってたら都立大学に戻りましたが。

その首を寄越せといいたい

小栗虫太郎特集の『彷書月刊』。表紙にこんな文句があった。「君、どこかに首なしが、上がったと云うじゃないか」。虫太郎なんて誰かも知らないのに、思わず買っちゃった小五の私。

それが道を踏み外すもとだった。まあ、とっくに踏み外してたのかもしれないが。

国家は子どもを、できるだけ健全に育てようとする。立川志の輔の新作落語『メルシーひな祭り』で、フランス特使夫人は娘のチェルシーちゃんと、ひな祭りの人形をつくってる職人の家を訪ねる。が、人形づくりは完全分業制。ここの職人は「首」専門。壁の棚に首だけズラリ並んでるのを子どもに見せるわけにいかない、と騒動になる。チェルシーちゃん本人の意見も聞かないで、一時はそのまま帰らせようとする。なんだかんだあって親子には喜んでもらうのだが、ひな人形自体は最後まで見せない！　見せれば話は早かったのにそうしない！　外務省の役人はもとより、そこの町会長だってこんなことを言う。

「まあ、子どもは喜ばねえわなあ。おひなさまというより鈴ヶ森みたいだもん」

喜ぶよ！　と心の底から突っ込みたい。ひとまず私なら喜んでたよ。チェルシーちゃんは五歳だけれど、そのころの私も好きだったよ首だけでも。「私」が変なんだ、って理由で片づけないでよ話終わっちゃうからよ。

小さいころ、ゲゲゲの鬼太郎で、好きな妖怪は「輪入道」に「大首」だった。どっちもほとんど首だけの妖怪である。輪入道はぐるぐる回りながら、飛んだり炎吐いたりするものの、大首はひどい。ただ上からドスンと落ちてくるだけだ。あとちょっとは跳ねるけど、でもあの首飼いたいなと思った。部屋にそんなスペースないけれども。

いや、飼いたい首と言ったら、なんといっても龍之介ですよね！　なんでテンション上げて同意を求めてるのか自分でも意味が分からないが、とにかく龍之介でしょうよ。諸星大二郎『栞と紙魚子の生首事件』の、発端となるバラバラ死体の首である。目を見開いて歯を喰いしばった青年の生首。栞は公園のゴミ捨て場で、ビニールに入ったそれを見つけ拾ってきてしまう。

他に手足もあったのに、あくまで首だけを、なんである。「最初ぎょっとしたけど こりゃすごい物見つけたと思って 思わず持ってきちゃったの」とは栞の弁。

龍之介を見せられた紙魚子は、「ちょっと ちょっと 確かにすごい物だけど 普通持って来る？」と戸惑う。

持って来るよ！　普通！　栞も、「今から考えれば確かにそうなんだけど」と反省しちゃうがその必要ないです。「あの時は興奮してて」なんて言い訳もいりません、それで全面的に正しいんだから。考えるな、感じろ！　ってやつである。

そう、これが人間の死体だとかいちいち考えなければ、この首のかわいさがわかるはずだ。父親のアイスボックスに、横向きの状態で入れられた状態からでも十分に。

でも、是非とも見ていただきたいのは、水を入れた水槽の中でゆらゆら揺れて泳ぐその姿だ。

ああかわいいかわいい！　目玉もキョロキョロ動かして、糸ミミズ食べたりして。

　あの本も欲しかった。紙魚子が探し出してきた、『趣味と実用シリーズ 生首の正しい飼い方』。実際にはあるはずもないのに、古本屋の棚につい探してしまう。この本の表紙絵の首もキュートすぎて！　萌え、って言葉は、ふだん使いたくないんだけど使わざるを得ない。生首萌え。いや、むしろ龍之介萌えか。

　その後栞は、この生首を手放してしまう。「やっぱりこんな物 飼うのよくないと思うのよ」とのことだが、なんで！　ぜんぜんオッケーだよ！　と叫び声をあげたくなった。けれどその理由は、「押し入れの中で生首を飼うなんて おたくっぽくて暗いじゃない」とあまりにごもっともで返す言葉もない。

　そこで紙魚子、「なんならあたしが引き取ってもいいんだけど」と口に出してはみるものの、けっきょく飼育書の、こんな文章に従ってしまう。「飽きたり飼うことができなくなった時は海や川に返してあげましょう」……。

　残念だ。とても。私が紙魚子なら、ぜひに！　と頼み込んででも譲ってもらったろう。七千円までなら出したかもしれない。

　でも近所の川に放流されて、自由に泳ぐ龍之介を見ると、これでよかったのかなとも思った。

鯉に噛みついたりして楽しそうだし。ああ、これからの展開としては、栞が海で溺死寸前のところを龍之介が助ける、ってのもありえますね。生首の恩返しだ。でも私なら、溺死して胴体だけ鮫に喰われ、あわや首も、というところで龍之介と逃げる方がいいけど。そして二人は放浪の旅に出るのだ。ここでチャップリン『モダン・タイムス』ラストの音楽が流れます。元ネタは山へ、こっちは海中でってコントラストもばっちりである。

首泥棒に気をつけろ

育てたい生首と言えば、『アポロンの首』だってそうだ。『倉橋由美子の怪奇掌篇』に出てくるものだが、こちらは美少年の生首であって、生け花のように剣山に刺し水をやっている。首を「飼育」でなく「栽培」してるのだ。目は瞬きし唇も動くけれど、「残念ながら、この首はどちらかといえば植物的な理性しか持っていないようであった」。

植物的な理性を持つ人間、ってどんなもんだろうか。木蓮こと坂口亜梨子みたいな人物か。日渡早紀の『僕の地球を守って』の、植物と意思疎通できる女性である。いい人すぎて逆にヤなやつだが、「高貴で端正で匂うように美しい」少年の首なら話はべつだ。掛け合って、一株わけてほしいと交渉を願い出たい。

というのも、この生首、生長して幾つもの実（というか、首）をならせてるみたいだからである。少しくらいイイじゃん、と思う。どうしてもくれないなら、盗みまでする覚悟である。花泥棒は罪にならないんで、首泥棒もギリセーフ、な気がする。それに、もともとは林の中で拾ってきたものなんだし、日のあたる原っぱは栽培に持って来いではないか。ああ、ここでも「雄二」が邪魔だわあ。どうにかならないものかしらん。

この本には他に、『首の飛ぶ女』という話も収録されている。K氏の連れあいは中国生まれの美少女だが、この首が飛ぶんである。もっとも、むやみやたらに飛ぶわけではない。夜、眠ってるときにだけ。日本のろくろっ首みたいだ。

落語『ろくろ首』で松さんは、夜、首が伸びる女性を娶る。頭も器量も抜群で、しかも資産家の娘である。なのにこの女性、ただ夜中に首が伸び行燈の油をなめるってだけで伴侶を持てなかったのだ。結婚即離婚の繰返し。

首が伸びるのは夜だけか、ならいい、寝つきはいいほうだから、と松さんも了承したので、横丁のご隠居が二人を結びつける。向こうの家も大喜びで婿入りを済ませたその当夜、松さん小用に起き「現場」と出くわす。果たして彼は逃げ出して、寝ているご隠居を叩き起こした。

「の、伸びた伸びた、首が伸びた」

そりゃ伸びるさ。首が伸びるのも油をなめるのも、承知で結婚したんじゃないか。

「だって、初日から伸びるとは思わない」

初日も千秋楽もあるもんか。その前に、初夜は寝るなよ寝かせるなよ。ってのは非婚者の勝手な言い草ですけど、にしても娘さんが可哀そうだ。新妻のもとに戻ってやれ、とご隠居もとりなすが、松さんあくまでうち帰る、の一点張り。

「いけないよ。お前のおっかさんだってこの結婚を喜んで、いつ孫の顔が見れるかと、首を長くして待ってるんだから」

「ええっ。じゃあ、うちにもいるのか」

アンハッピーなエンドである。

倉橋由美子の『首の飛ぶ女』の方も、愛人の元へ飛んでたのが家人にバレ、胴体の首接合部に覆いをされてしまう。一身に戻れぬ首と胴体は死に、同居人は殺人罪で逮捕され、挙句に分裂病の診断がつく。

だが、この哀れな首飛び女には娘がいた。それが語り部たる「私」である。ただ首は、まだ、飛んでいない。物語はこう結ばれる。「人を愛することさえしなければ首は飛ばないと思っている」。

ああ、生首との愛が行きつく先は、破局しかないんだろうか。いやいやそんなことはあるまい。生首の正しい愛し方を、目下研究してる最中なんである。

(トーキングヘッズ叢書No.50「オブジェとしてのカラダ」、二〇一二年四月)

私が愛した金玉アラカルト

私の金玉は十割が恋人用である。嘘である。だしぬけに酷い見栄を張ってみた。恋人なんていませんし。二次元に片思いしてるだけ。強いて言うなら右手が、おいのっけから下ネタ飛ばしすぎの感があるが大丈夫か。

平岡正明のまねでした。「おれのキンタマの5割は思想用、4割は放尿用、1割はご婦人用だ」。放尿時にキンタマは使わないよね。と思ったら、金という字は「ちん」とも読んで、二つの金玉を並べたイメージで「金金」と書き「ちんちん」と呼ぶこともあるらしいから、その逆も真なのかしらん。

この際だから見栄を張りなおせば、私の金玉は十割が思想用だ。なに、ほんとはオール自慰用で。「今はただせんずりだけの道具かな」。風流だね。情けない風流だけど。

平岡正明の処女作『韃靼人ふうのきんたまのにぎりかた』によると、「宇宙のはじめにきんたまがあった。きんたまから有と無が生じた」。うん、この辺は全部ノーコメントで通したい勢いですな。

女性だと、金玉に相当するのはどこでしょう。卵巣か子宮か。「卵」巣も金「玉」も、なんとなく対になっていそうな雰囲気が。男性ホルモン出すのは睾丸だし。女性が男性に性転換手術するときも、睾丸までちゃんとつくるみたいですね。金玉がポンプの役割して、陰茎が膨らむようにする手術もあるらしい。ちょっとこれ、やりたいなと思っちまいましたが。うーん、ただ、今ぶじな金玉にメスは入れたくないし。思いついたことをそのまま書くけど、妖怪金玉切りっていたら怖いですね。妖怪は基本的に怖いものか。金玉切られ、って言いかたしたら被害者でも怖いし。

妖怪（?）金玉切られのゆくえ

そこへいくと宦官は尊敬もんでして。無いぶん権力欲が強い、ってぇけどそこも尊敬ポイントで。あの発想、いかにも中国っぽいし。さすがの人口十二億人、人民の扱いが雑すぎる。いくらあの時代だって、普通の国家は考えない。「役人の金玉を切る」なんて。今の小日本なんか、せいぜい金利を減らすぐらい。大変な違いだ。

金玉なんていらない、と言ったひともいたけれど。立川談志が発掘し、つくりあげた落語『金玉医者』。病気の娘のとこに医者が来る。彼の治療法は、「きょうだい仲良く、周囲にも親切に」なんて能書き垂れながら、金玉をチラチラ見せる。なんて妙ちきりんなもんだ。

医者の弁。「私は世の中に、この睾丸ぐらい間抜けなものはないと思ってましてねェ。何のためにあるんですかな」。立派そうなことを言いながらそんなものブラブラさせられたら、バカバカしくなって気の病は治るというわけで。いわゆる無用の用か。天晴れ金玉。

金玉も用は足してるけども。しかたないか、時代設定は江戸のころだし。ぶつけると痛いだけ、って思われてても無理はない。

それに、「カマっ気がある」と自称してた談志のことである。女性的にものを考えるためには、金玉は邪魔だったのかもしれない。癌から復帰したときも、「子宮癌だってさ」なんて言ってたし。

あのかたちも、間抜けではあるけれど。よく見ればなかなか味わい深いではないですか。モフモフ感が好きで、ぬいぐるみをコレクションしてる『モフ男子』は藍屋球先生描くところだが、金玉のフニフニが好きで、つい自分のをいじっちゃうフニ男子がいてもおかしくない。いや、最初はさ、金玉のフニフニが好きで「金玉をコレクションしちゃうフニ男子もいてもおかしくない」って書こうと思ったけど。さすがにそれはいたらおかしいよと自分でも反省したが、別にいてもいいです応援します。なんなら私のも、とか、アハハ本当に今回は酷いんだ。私はさっき諦めた。

男も女も下品である

ハイ、下ネタ多いのは自覚してるけどさ。自覚が浅い？　それはあいすみません、でもさ。下ネタを書いてる自分に照れる描写を入れて中和してるつもりでして。中和法として間違ってるか。なら代案を教えてほしい。最初から下ネタ書かなきゃいい。納得。

ただね。照れがない下ネタは、見ちゃいらんないほど下品だな、と。この漫文で照れてばっかなのは、非常に中途半端で優柔不断ではっきりしたことの言えないあいまいな日本の私のせいだろうけど、性転換したりカミングアウト宣言したりすると、踏ん切りがつきすぎちゃって、ブレーキ効かなくなるんじゃないかという偏見があります。

え。ああ。私はカミングアウトしてないです。「察して、察して」って言葉の端々に挟み込むだけで、明確な宣言はしてない、つもり。なんだけれど、傍から見たら似たようなもんか。

笑ってごまかすって手もあるが。不快な笑いもあるしなあ。先日の『新婚さんいらっしゃい』、観ましたか。観てなくていいです。カップルがイチャイチャするだけで、生々しくてあけすけで本当にいやらしくって、FBでやってろレベルで、日曜のお昼にふさわしい番組ですよね。

勿論ふだんなら観る気もしない。でも、ゲイのカップルが初めて出た回ってのがYoutube

にあがってまして。微笑ましいとか、ほんわかするとかいう評判聞いて、うっかり観ちまったわけだけど。

いつもの、下品な、ただの「新婚さん」以上の何物でもなかったです。ああ嫌だ嫌だ。この不快な感情には、嫉妬も多分に含まれてるんでしょうが。にしても手ェつなぎっぱなしってお前。同性婚ＯＫになった仏国での収録で、現地人と日本人のカップル、だからってさ。司会の桂文枝と喋るのは、主に日本人のほうでしたが、これが典型的なというか、芸人にもここまで感情流出が大きいオネエキャラはいねえってぐらいうるさいやつで。そりゃあパリでも文枝コケるわ。

やっぱり新婚で、テレビ出て舞い上がってたのかもしれないけども。だいたい「結婚」という制度自体どうなんだと。こういうこと、岡留安則ならともかく、私がいくら言ったってぼっちのひがみなんでやめとくけど。でも婚姻届を出したりして、国家に認められた気になって完全に向こう側に行くと、そりゃ恥じらいも忘れるさ。ＭｔＦでもＦｔＭでも、突き抜けてしまったからか、下品でしょうがないんです。もちろん元のままの、男も女も下品でいやだ。ＭでもＦでも、トランスフォームしても向こう側になりきれず、Ｘにとどまっちゃってるほうにのみ魅力があって、このあたり偏見が過ぎるので読み飛ばしてください。

プロテクトX　挑戦者たち自重しろ

Xっていうのは、まあ、中性とかオカマとかオナベとかバイとかでしょうかね。手術はしてない、ですよね、それで結構。愛があれば適当な言いかたでも大丈夫だよねって発想でわざといいかげんな表現してることは一応注釈つけとくけど。男と女の性のはざまで、あっちこっち行き来たりしてるのは、「セクシャリティ迷子」って言いかたがありますが、屈託があって素敵だ。割り切れない思いは無理に割らなくていいのである。

でも、四月四日はオカマの日、ってのはさ。いくらなんでも縁起悪すぎだ。どうしようもない不毛な性嗜好だから、もうお前ら死ぬしかないよという暗示すぎる。ワールドトレードセンターができたのもこの日で、二葉亭四迷の誕生日も4・4みたいですよ。暗示もほどほどにしろよ。でも調べたら、真面目そうな団体が「トランスジェンダーの日」にも認定してて驚いた。

ああそうだ、いわゆる「男の娘」は、まさにXですよね。それ系のマンガ読んでると、たいていペニスついたままだもの。睾丸の美少年、という駄洒落はベタだけど、睾丸の美少女というやつか。男の娘の股間を見ていると、むろんマンガの話ですが、やっぱ金玉は重要だと再認識する。たいていは、パンツの上から性器が透けて見えるっていうシチュが一般的だけど、一般的じゃないかそこは措いて、勃起した陰茎だけのシルエットだったらなんか寂しいもの。タマの膨らみの興奮要素も大きいのだ。切っちゃったひとのツルリ感よりよっぽどいい。

そうか。突然わかった気がした。男の娘はいくら女装慣れしてても、恥じらいが残っている理由。股間の膨らみを隠さなきゃって心理からでは。気を抜いてパンチラすりゃバレるし、それで悲鳴あげて男声ならもっとバレる。咄嗟に女声出せるかね。『げんしけん二代目』だと、女声の修業に三ヶ月かかったそうですけど。江戸家猫八によると、鶯の声の物真似には五年かかるそうだ。それよりか出しやすいのか。

ま、「こんなに可愛い子が男の娘じゃないわけがない」って思想も浸透してきたけど。堂々と、どうでい俺可愛いだろ、と威張って街を大手ふって歩く、ような男の娘は嫌ですよね。いやそれもちょっといいな、誤用の意味も含めて悩ましい。ま、どのみち二次元の話である。リアルのことなんか知らねえよ。逆切れしてどうする。

愛と勇気と金玉が少し

現実的な話をするとさ。金玉、あんまいいもんじゃないと気づくけど。精液たまると悪いことしたくなるしBY牛帝『同人王』。男性ホルモンいっぱい出されてもねえ。

いや、子役のひとが二次性徴を迎えちゃったりして、成長してくのはそれはもう。まことに喜ばしいことですよ、ええ。いきなりドギマギすることもないが。チョイとふりかけるぐらいの男性ホルモンは、少年をいい感じの青年にする。神木隆之介くんも須賀健太くんも、劣化したとかいう声もあるけどとんでもない話で。成長素晴らしいんである。

でも成長する前に、死んじゃあ元も子もないし。山本夏彦は、十代の頃自殺しかけた理由を「ホルモン」のせいにした。確かに自殺者って男ばっかりだし。二〇一二年に自殺した男は、一万九二一六人である。女は八五五〇人である。随分な違いなんである。

そもそも金玉の「きん」の由来は。「気ん」から転じたもので、更に前は「酒ん」。精液がどぶろくと似てるから、って悪ノリが過ぎるだろう。でも転じた今は「金」。ないと困るけれど、ありすぎても不幸の元なのだ。

逆に、金玉が命を救った例って、『金玉医者』ととり・みきの『金玉人間第一号』しか知らないし。すごいよ金玉人間。事故で転落してきた人を、でかい金玉が助けるんだ。玉袋をトランポリンみたいにして。これまたマヌケな助けかたですが。

うーん、まあ、金玉だけじゃなく。人間自体マヌケなものだから、それでちょうどいいと思いたい。

（トーキングヘッズ叢書No.56「男の徴／女の徴」、二〇一三年十月）

うろんな少年たち〜その反社会的イノセンス

少年を追うか、社会を追われるか

道で可愛い男の子とすれ違う。思わずじっと見る、わけにはいかないが、ちょいとチラ見くらいはする。或いはTVで、須賀健太あたりが出ていればサッと録画ボタンを押す。さいきんは加藤清史郎くんがカップスープのCMに出てるから、押す機会が多いんだ。神木くんは事前に情報チェックしているが、映画公開前なんかはいきなり朝の芸能ニュースに出たりするから油断は出来ないところで。まあ、この程度なら罪はないと思ってる。

禁断の果実というフレーズがある。少年は果実どころでない、動くし喋るし人格、パーソナリティを持ってる。禁断の果実を食べれば楽園を追われるのがオキテである。現代の日本社会は、まあ、文句はあれどそこそこの楽園である。少年を追うか、社会を追われるかというのは究極の二択ですが、できれば、今の居心地よい場所に居残りたいところでして。だから眺めるだけに留めてる。見ればヨダレは流れるが、見れないよりはマシである。

画家の先生は、見るだけで我慢できなかった。藤子不二雄Ⓐの名作、『笑ゥせぇるすまん』の続篇『帰ッテキタ……』第5話、「小さな誘惑者」。路地の裏にある「KID' CLUB」は、選ばれたひとしか入れない美少年クラブで。まだ十一歳のユキオくんに、画家の先生がご執心なんだ。「彼をモデルに絵を描きたいのだ！」という先生に、喪黒福造は「モデルとしてだけ」との約束でユキオくんを呼び出す。が、当然それだけでは済まず。例のごとく喪黒氏に「ドーン！」とされて、先生は石像にされてしまう。「先生はこれまでさんざんモデルを使ってきたのですから これからは自分がモデルになるのもいいでしょう」と喪黒氏いわく。

かの先生ばかりでない、今日も今日とて逮捕者が出る。児童とみだらな行為をしたと、青少年保護育成条例違反で検挙されてる。こんな悪いやつがいましたと、テレビ新聞で実名報道され、ネットで顔写真入りのまとめサイトがつくられる。今日、この条例違反ほど罪深く白い目で見られるものはないだろう。少年愛はともすると反社会的になり、犯罪性を帯びるものなのだ。最近いちばん人気の少女マンガ、高野ひと深『私の少年』でも、性的行為はナンにもしてない、ただ少年のサッカー練習につきあい、食事に行ったりしただけなのに、一切近づくなと言い渡される。警察に言うぞと、子どもは放置気味だった親に脅かされて、唯々諾々としたがう。

批判の根底にあるのは嫉妬である。と山本夏彦は書いた。自分も同じ立場になったらどうか、きっとやるのに、その立場になれないから嫉妬して叩く、これが茶の間の正義だと。

ひとごとのように書いてはいけない。私ももちろん嫉妬している。彼らとの交際なら、わざわざ妄想するまでもない、楽しからぬわけがない。けれども実行しないのは、先述のとおりお縄は頂戴したかあないし。実行できる立場にもないからである。信長の立場なら蘭丸を寵愛したろうが、本能寺の変より先に睡眠欲の本能に負けてそうだ。

無垢な天使VS無垢な邪神ども

無学者は論に負けずという。無知はつよいんである。同様に、無垢なことも力であります。高原英理『無垢の力〈少年〉表象文学論』では、当時はやりの映画『指輪物語』について、主人公たる美少年を通じて「攻撃性を持たない弱者を理想とする」思想、「戦うな」「加害者となるな」というメッセージが描かれていると説く。無垢で可憐で美しいことは力であり、その象徴的なものとして「少年」がある。

もっとも、少年がみな無垢であるわけでなく。垢から出来た少年もいる。ヒンドゥー教の神・ガネーシャは、母親の垢から生まれた美少年だった。けど父親に首をはねられ、後で象の首を代わりに据えられてるから神画はみんな象の顔で。ウーン惜しいね、ぜひ元の顔が見たいとこだったんだ。

無垢である少年は、世界を温かい方向へ変える。安藤ゆき『町田くんの世界』の町田くんは、勉強も運動も苦手だが、純真で優しくて、そばにいるひとみんなを惹きつける。クラスメイトだけでなく、弟の同級生も。「おれはかしこい」、「世界にはバカがあふれている」と周囲を見下して、「俺は性格が悪い」、だから人と仲良くできないと自覚もある子だが、「君はかしこいから 相手のできない部分をどうにかしてあげたいって思うんだね」と声をかけて。あるいは、恋にかつえて気力を失った老女にも。「僕にはあなたに恋をあげることはできません」、「でも愛ならあげられます 愛なら知っているんです」、「あなたのエネルギーになるように愛情込めて作ります」なんてコゲコゲのハンバーグつくって、この世界的女性画家に四年ぶりの新作を描かせる。町田くんってば、ユキオくんとは真逆だね。周囲にファンをどんどん増やして、地域じゅうのアイドルになってる。天使のような少年である。

ただ、アイドルには「邪神」という意味もあって。私の好きな少年たちはどちらかといえば、邪神というか、世界をかき乱すトリックスター的な存在ばかりだ。山田真『うろんな3人共』の男子中学生三人は、商店街の平和をささやかにかき乱す。ガラ空きの映画館で映画好き少女をとりかこみ、ネタバレして煎餅を食いモールス信号で会話して映画の邪魔しまくったり。飲みかけのボトルやセミのぬけがらを落とし物として交番に届けては、まったり休憩して警察の仕事の邪魔したり。ほとんど公務執行妨害なんである。神社の絵馬にも「あの3人共どうにかして!」なんて書かれてるが、その神社からして、賽銭箱にダンゴムシ入れたり手水舎にポカリの粉入れたりされたりしてるから始末に負えない。国家権力も神をも恐れぬ困ったやつらだが、いくら注意してものほほん笑顔だしめちゃめちゃオモシロ可愛いんだ。

少年の可愛さも「超能力」である

もっと迷惑で可愛いやつもいる。はい、神木隆之介である。マジキチモードを演じるときの神木くんは本当にすごくて、ドラマ『SPEC』では超能力者として世界を掌握してたけど、そんなことより十六歳の神木くんのマジキチスマイルがめちゃめちゃ可愛くてこれこそ超能力だよとか思ったりする。『学校のカイダン』では、生徒会長にまつりあげられた女子・ツバメを「弱虫の革命家」に仕立て上げ、学校を廃校寸前に追い込んでた。毎回「ははははは! お前は本当にバッカだなー!」と高笑いする車椅子の神木くんはすっごい可愛いし、ラストで学生服姿になって、生徒会長のツバメと鞄でバトるシーンもみていて微笑ましいんだけれど、二十四歳ともなると、そろそろ神木くんの学生役も見れなくなる頃なのかしらん。この春から始まるドラマ『やけに弁の立つ弁護士が学校でほえる』では新人弁護士を演るそうで、さいきんは神木くんのマジキチ役が少なくてちょっとさびしかったのですが、そろそろ観れるんじゃないかなって期待大なのであります。

先ほどドラマになった『モブサイコ100』は濱田龍臣くんだが、こっちも勿論可愛いですハイ。凄まじい超能力を持ってるモブくんは、ふだんは冴えない中学生。たぶん『SPEC』の神木くんみたく、本気出せば世界を狙えそうなレベルなのにそうしない。世界征服を狙う超能力者団体と戦争してどうにか倒したときも、自分の手柄だとどこにも主張しない。「超能力なんて」と彼は言い、そんなものより大切なものはいっぱいある、と、「肉体改造部」で筋力アップに励む。モブくんを慕う宗教団体「サイコヘルメット教」まであるのに、当人は将来の進路に悩んでる。「マジシャンとか」って弟に提案されるが、「手品じゃなくてただの超能力だったのがバレておしまいだろ」と親に止められる。なんかへん。

同じ超能力者の斉木楠雄も、目立たぬよう努めている高校二年生だ。『斉木楠雄のΨ難』。地毛はピンクで、自分の超能力を制御する装置を頭につけてるけど、それも「普通」と認識させるよう超能力でコントロールしてる。普段は遅刻した父親を送り届けたりしてるだけだけど、「僕が本腰を入れて取り組めば……たった3日で人類皆殺し」と言うから、なにげにこいつが一番すごいのか。

少年たちのうろんな日々

そんなに大層でなくていい。超能力なんてなくても、少年というのは苛烈な存在だ。横山了一のエッセイマンガ、『息子の俺への態度が基本的にヒドイので漫画にしてみました』なんかを読んでると、かわいいけど大変そうである。エドワード・ゴーリーの『うろんな客』という名作絵本もあった。さっきの三人共くらいうろんなのであろうか。

っていうか「うろん」ってなんなんですかね。フワッとわかった気になってちゃいけない、漢字で書くと「胡乱な」。疑わしく怪しい、不確実であやふや、勝手気ままという意味らしい。まさにこれぞ、少年の本質をあらわした言葉じゃないか！　今さらびっくりしててもしょうがないですが。三島由紀夫の『孔雀』は、孔雀マニアの紳士が、孔雀殺しの犯人でないかと疑われるところから始まる。自分はやった覚えがないが、刑事が帰ってひとりになって、多彩に輝く羽の孔雀を思い浮かべ、「孔雀は殺されることによってしか完成されぬ」、「孔雀殺しは、人間の企てるあらゆる犯罪のうち、もっとも自然の意図を助けるものになるだろう。それは引き裂くことでなくて、むしろ美と滅びを肉感的に結び合わせることになるだろう」ってスゴイことと考えだす。そして、孔雀殺しの捜査にくわわって、その犯人を目撃する。それは紛れもなく、若いころの紳士の顔をした美少年であったという、うろんな結末になる。

イノセント、には無罪という意味もある。落語「鹿政談」で鹿殺しは犬殺しとして無罪になったが、殺された孔雀も、羽の色が夜の闇の中で混ざり合って黒と化してたであろうから、カラスの駆除として処理されるべき案件だろうとか、私までよくわからないことを書きたくなっている。

そう、「疑わしきは罰せず」！うろんなものはイノセントゆえに無罪であり、逆もまた真なのである。十二歳で即位して悪徳の限りを尽くした少年皇帝ヘリオガバルスは十八歳で殺されたが、彼もまた少年であるがゆえに無罪放免とされるべきであった。それが「少年法」の根幹精神ではないかと、どんどん自分でもわけがわからなくなってきたからこのあたりにして、「KID' CLUB」へと逃げ出すことにする。もちろん私なんか入れてくんないから、喪黒コスプレで行きますが。もっとも少年相手なら、こっちもアルコールはいけません。飲むのはやっぱりウーロン茶かな。そこんところもうろんです。

（トーキングヘッズ叢書No.74「罪深きイノセンス」、二〇一八年四月）

病んでる可憐な少年たち～青白い肌の「尊さ」について

キタモリオに夢中

死の手ざわりは懐かしい。病の気配は心地よい。と、ブッソウな文面を見せびらかすように書いてみる。私も中二病という病をかかえた身なのである。中二病患者の常で、これももちろんオリジナルのフレーズでなく借りものだ。冒頭の文章は、北杜夫『幽霊』からの引用です。或る幼年と青春の物語、という副題もついた、北杜夫の自伝的小説である。「ずっとぼくは〈病気〉であった」と作中にあるとおり、「或る幼年と青春」のなかで、いくつもの「病気」の物語がしるされる。そのなかには、『どくとるマンボウ昆虫記』でエッセイとして描かれたり、初期短篇「狂詩」、連作『病気についての童話』中の「百蛾譜」などにもあるような、幼き日に腎炎で絶対安静・食事制限もキビシクされた際のエピソードも出てくる。「食事は塩気のないものばかりであった。腎臓病のために無塩醤油というものがあったが、ただへんな薬品の味だけがした」。「やがてぼくは刺戟ある味にも諦めを抱くと、今度はきらびやかな色彩にあこがれた。その色彩は頭のなかで、夏の日ざかりに咲くウマオイの透きとおった翅となり、芝生のうえにたわむれる甲虫の姿となった」。

そして、自分のつくった昆虫の標本箱を探し出してきてもらう。そこには「瑠璃色の小灰蝶も紅色の下翅をもつ山蚕蛾もいる筈であった」けれど、時をへて実際には「蝶も蛾も甲虫もみじめに黴につつまれており、胴体が虫に喰われていたりした」。

残酷なシーンである。だからこそ、迫力あるシーンでもある。「僕はむかし、それは美少年だったですよ」と北氏はふざけて語ったことがあったが、このシーンはぜひ映像作品でも観たいものだと思う。ふとんに横になりながら、標本箱を手に、ためいきをつく青白い顔の美少年。病を手にした少年は、よりいっそうのかがやきをもつのである。幼少期の神木くんにやってほしかったところだ。いまなら『原因は自分にある。』の長野凌大くんにお願いします。マンボウ氏の作品で映像化されたものはすくなくて、自身の一族を描く長篇『楡家の人びと』は60年代、70年代にドラマが放送されてて気になるところですが、ソフト化はされていないようでざんねん。

この『楡家の人びと』を、三島由紀夫は「これこそ小説なのだ!」と賞した。その三島氏の『仮面の告白』について、筒井康隆は『ダンヌンツィオに夢中』で「比較的すなおに自伝的作品と受けとめている」と書いた。私もそのように受けとると、三島氏も幼いころから病弱で、「自家中毒」で瀕死になり「何度となく危機が見舞った」。「自家中毒」というのが、三島氏ののちのちを暗示するようで意味深ですか。「二十歳までに君はきっと死ぬよ」と言われるような三島少年は、それよりかは長く生きた。高橋睦郎は『在りし、在らまほしかりし三島由紀夫』で、三島氏の幼少期について、「アルバムの写真で見る公威少年は一種の美少年、すくなくともひよわな少年の魅力を持っていた」と語ってる。あの高橋睦郎に言われると説得力がありますね。

その、ひよわな美少年は、「生まれながらの血の不足が、私に流血を夢見る衝動を植えつけた」とも主張する。街を歩いていてうら若い兵士を見つけると、脇腹に刃を刺す妄想をしてたのしむような血気盛んな青年になり、その後はご存じの展開である。

この『仮面の告白』も含めて、三島作品のエッセンスが詰め込まれた映画『MISHIMA』は製作総指揮がコッポラ、ジョージ・ルーカス、緒形拳が三島役で制作されたが、日本では三島夫人の反対などもあり未公開。でも、瑤子夫人の意向で同じく封印されていた三島由紀夫監督・主演の映画『憂国』は、夫人の没後、『決定版　三島由紀夫全集』に収録されている。『MISHIMA』もDVD出してほしいなあ、と思ったら、海外版が出てるっていま知りました。しかも、アマゾンで注文できるのかよ。ソッコー購入したところであります。

奇跡の美少年・神木隆之介

まあ、少年時代の三島役も神木隆之介にやってほしかったんだけれどさ。黒い樹木の幹に裸で縛られる美しい美少年・聖セバスチャンの絵に魅入られ erectio し、ejaculatio に至る神木くんとか、想像しただけでズドンとくるでしょう。

神木隆之介の初期作品に、『Little DJ』という映画がある。病気で長期入院中の少年が、病院の院内放送でDJをやる話だ。「野球中継きいてて、真似してて」、深夜ラジオの『MUSIC EXPRESS』も愛聴してるんだそうだ。透きとおるほど青白い肌で、しずんだ表情の神木くん。その彼が、院長先生の部屋で古いレコードに囲まれたなかでは、ウキウキとマイクに向かう。その美しさ、可憐さには、いくら言葉を尽くしても足りない。

その少年の院内ラジオが始まってから。「入院生活がすっごくたのしくなったの」と、一つ上の女の子、福田麻由子は言う。福田さんも大怪我で、長期入院中の患者である。お互い仲良くなって、いっしょに映画『ラストコンサート』をみにいく。

悲痛な運命の少女・ステラをえがいた物語に、神木くんは神妙な表情で「よかった」とうなずく。「ステラって、白血病で死んだんでしょ」と、氷の顔の神木くんに、福田麻由子はいっぱいの笑顔でうなずく。「そう。ステラは、残された命を、恋にささげたの。できる？　そんなこと」。そして、神木くん演じる少年も、実は白血病なのである。

その後容体が急変して、ベッドに横になり細切れに話す神木くんのすがたは、なんとも切なくいとおしく、何度も泣かされてしまった。医者になってからとくに、自分は涙もろくなった気がする。

神木くんも幼少時、かなり深刻な病気だったという。「生まれたときから病弱でした」と、ひさしぶりに出た写真集の「23年の人生を語る」インタビューで、開口一番に話してる。四ヶ月くらい危篤状態で、集中治療室にずっといて。幼稚園までは、よく救急車で運ばれていたとか。「生きているのが奇跡だった」そうだ。どれだけ生きられるかわからなかったから、神木くんのお母様が「生きている証をつくりたい」とタレント事務所に写真を送ったんだそうだ。よくぞ送ってくれました。そんな事情もあってか、幼少期のフィルムに残る神木くんは、ひときわすげくかがやいてる。中島らもは自身の原作の映画『お父さんのバックドロップ』に出演した神木くんを見て、「あの子は天使や」と泣いたという。そして今はからだもよくなり、すばらしい作品を世に生み出し続けてくれている。ほんとうにめでたいことである。

病み少年の命が惜しいことに就て

病弱だったからこそのかがやきを、三島由紀夫も北杜夫も、神木隆之介も持っている。日原さんもずっと頭痛もちなんだけど、ここにまぜてはもらえないものかしら。体調くずして休んで、エロチャンスになるのはくろは『有害指定同級生』とか桜井のりお『僕の心のヤバいやつ』とかのエロギャグマンガでよくあるけど、それはエロギャグマンガだからだ。ただずきずき頭が痛んで、学校でも肩こりの薬ぬりまくってたら「肩さん」ってアダナがついたぐらいだ。そういう謎なチャンスしかなかった。しょーがねーだろぼっちなんだから。

天藤真『遠きに目ありて』は、重度の脳性マヒで、ほとんど全身の自由がきかない少年・信一の話だ。常時車椅子で、言葉もとぎれとぎれだけれど、犯人を即座に言い当てる。究極の「安楽椅子探偵」である。病気で動けない、しかし頭の中はフル回転する。天藤真もあとがきで、「わが最も愛する信一君へ」と何度もよびかける。神木隆之介が国の宝なのと同じく、信一君も宝である。

病人がホンモノの宝になる小説もあった。斜線堂有紀の『夏の終わりに君が死ねば完璧だったから』。大学生の都村弥子さんは多発性金化筋線維異形成症、通称「金塊病」にかかっていて、徐々に全身の筋肉が硬化し、純金になってしまう。金塊と化した遺体は、三億円の価値をもつ。

私は、オモテの職業は医者である。精神科医のまねごとをしている。病気は商売道具、という言いかたもできる。「患者がいないと医者は食うに困るから、完璧に病気を治す薬はつくらないんでしょ」というステレオタイプな物言いがあるが、そんなことまったくないと思う。ヒヨットコ医者の私ですら、わりとくたびれるくらいには忙しいし。とは言いつつ忙中閑ありでコンナもの書いてますが。基本的には、病気のひとがすっと治ってくれたら、世界から病気がなくなればどんなにいいかとおもっている。

吉田健一は『命が惜しいことに就て』でこう書いた。「人間の命が尊いのは我々がそれを惜み、それがいつまでも続くことを望むからではなくて、それが何れは終り、又、いつ終るか解らないからである」。「なくすことが出来ない命などというものはないのみならず、もしそのようなものがあったならば、それが尊い訳がない」。稲垣足穂の『少年愛の美学』にはこうある。「少年の命は夏の一日である」、「美少年の美とは、(美的美女の場合と同様に)『不幸に運命づけられた者のみに賦与された特権』とでも云いたい或物である」。そうして、先日ついにでた、岩田準一作品集『彼の偶像』収録の「三つの心」では、少年たちがこんな会話を交わしてる。「お前には所謂美少年のタイプを具へてゐると思ふ」、「お前の体は未だ充分の発育を遂げきらないから今は初々しい若葉の様な少年だが、もう二三年たてば総ての方面から一時に変化を見る」。

「そんな事あ知らないや」と、言われた美少年はわらう。

さあ、ここから結論をみちびこう！　病弱な少年が尊く美しく見えるのは、これからも医学がドンドン発展し、そうした存在がいつかいなくなるよう願われるからである。そんな端境期の今に生まれた、神木隆之介の存在は奇跡だった。世界中から病気がなくなって、彼のような病みの気をもっていた少年が生まれなくなれば、さればこそ彼の存在は尊いのであります。もちろん「尊い」という言葉は、腐女子のかたがたがつかうような意味合いも含めて読んでいただきたい。神木くんの前に神木なく、神木のあとに神木なし。空前絶後の奇跡の美少年と、ともに同じ時代を生きられる我々はしあわせである。言わずもがなではあるけれども、我々もいつまでともに生きられるかわからないからとういのである。いつまでともにいれるのか、そんな事あ知らないや。

（トーキングヘッズ叢書 No.82「もの病みのヴィジョン」、二〇二〇年四月）

第三章　コロナにつかれた日本で

生き延びるための逃走術〜世界から、自分から

逃走は闘争に通ずる。とか、思いつきだけで書いてみたりする。そんな安易な言葉遊びに逃げてしまっていいのかという問題はありますが、いつも安易だから問題なかった。

立川談志が色紙によく書いていた。「逃げろォ――――」。逃げる勇気、というのも、近年注目されてきたフレーズである。

逃げる勇気をフツーのひとは持てないからである。人間の適応力はそれなりにあるから、たいていのひとは生きづらいまま、我慢してそこに居続けて、擦り切れて身を滅ぼす。娘の自殺は可哀想、と涙を流すにゃ当たらない。我と我が身を売るひとが、他にも仰山いるじゃゃげな。就職くせものこわいもので、そんな悲劇はざらにあるんだ。

憧れのブチ切れ退社

倉阪鬼一郎『活字狂想曲』が大好きだった。副題「怪奇作家の長すぎた会社の日々」。居心地の悪い「会社」という社会に、「校正」という仕事は嫌いでないので入ったが……。生ぬるく重苦しい人間関係が渦巻く職場で、上司からの誘いを断り、ベテランになっても昇進試験の

受験をかわし、どうにかこうにかやってきたが、時には。もうじき仕事終わりだもう帰ろう、というときに、残業案件が降ってきて。むらむらと怒りがわき、二穴パンチをロッカーに思い切り叩きつけ、「俺は切れてるんだよ!」。

かっこいいなあ、と思うわけである。学生時代から、しがない研修医稼業になってからも、何度読み返したことか。いいかげんな原稿を振られて、「ちゃんとした原稿を作れないのか、バカ!」と一筆書いて問題になり、課長に「辞めてやるよ、バカ!」と社員証投げ捨てて去る。やー、すっごいかっこいいじゃないですか。僕もこんな辞め方したいものだ。とは、思わないけど。自分じゃできっこないことであり、憧れのようなものがあった。

実際はワタモテである。『私がモテないのはぜんぶお前らが悪い!』。生ぬるい世間に、それでもなんとか溶け込もうと、しょっぱなの自己紹介でウケ狙いしてドンずべりしたり。基本的にはぼっちで、単独行動。時には優しく、声かけてくれるひともいるけど、そのたびにキョドるしまともな対応はできない。あとからああすればよかった、と脳内反省会が止まらない。

ばっくれ稼業の男たち

継続は力なり、という。どんな会社でも三年は勤めてみるべきだという。

専門の科に行けるまで、二年間の研修医という浮草ぐらしで、ほぼ一ヶ月ごとに内科系外科系をあちこちまわってるとこだけど。ひと月はひとを病ませるのに十分な期間である。なんなら三日で大丈夫だ。お邪魔した科の先生がたはさいわい、優しく教えてくださるかたが多かったが。本当に勘弁してほしいような先生も病院にはいて。その科は絶対にまわりたくないと思っていたら、ナントまわらず済んでしまった。一年終わってあと一年、ふうわりふうわり逃げ切りたい。できれば、「バカ!」って叫んで辞めたくはない。いや、別にフラグでも何でもないですが。

七代目橘家圓蔵。小言の圓蔵と言われ、芸術祭賞もとった。門下に初代林家三平、八代目のヨイショの圓蔵さんがいる。そんな大師匠になるまでには。父親が早死にしてから、姉の居酒屋を手伝い。鍛冶屋さんに畳職人、弁当屋なんて堅いところから、拝み屋なんてのもやった。昭和の大名人・八代目桂文楽に弟子入りし落語家となってからも、いちどは破門になり、吉原の妓夫太郎、幇間を経て、結局また落語の世界に。「あたくしの人生も、面白いもので、まるでゴムまりのようにハズンではぶつかり、空気が抜けてはペシャンコになったり、又ふくれ上って元気一杯で、ころがり通しでございました」って『てんてん人生』という自伝に書くぐらいの転がりようだが、軽い噺はとってもいい、地味だが素敵な師匠です。

バックラー、という言葉がある。「S級バックラー」とか、「バックラー階数表」とか、2ch の有名コピペだ。せっかく採用されたアルバイトでも、数分以内に姿を消すやつ。
でも、これも、ただしいと言える。その環境が自分に合わないと悟ったら、なるたけ早く去るのがお互いのためってこともある。逃げる、というのは、今あるすべてを捨てて自分の身を守ることである。自分が侵されそうになったらそこから逃げる、というのは間違ってない発想である。

甘い世の中で生きたい

一年、まがりなりにも務めたバイトである。学生時代からの友人も、親戚の店長もいる。バイト仲間とバンドも始めた。でも、全部やめることにした。「これから、が嫌になったからです」。これまでの環境・人間関係に耐えて耐えて、絶えられなくなってぶっち切るんだ。公園で仲良くなった少女に、「大人になったら楽しい？」と聞かれたことがあった。そのときは答えられなかったが。走る列車から少女の幻影に、「大丈夫だから！」と叫ぶ。「周りの妖怪なんて、関係ないから！」、「どうにかこうにか、やっていけるから！」。阿川せんり『厭世マニュアル』である。自分が自分でいられれば、大丈夫にきまっている。たぶん。

いざとなったら社会保障もある。谷川ニコ『ライト姉妹』のヒキコモリ少女は、どこか遠くを見るような目で言う。「生活保護っていうのがあるの。私、大人になったらナマポで暮らすの」。そう、本格的にヤバくなるまえに、セーフティネットは活用すればいい。世の中はほどほどに甘いのだ。阿部共実『空は灰色だから』4巻、「噂によると世の中は甘くないらしい」の少女は、「世の中そんなに甘くはないよ」と友達に言われて反論する。「世の中もしかしたら甘いかもしれないだろ！」。「最初から世の中は甘くないと伝説を信じるだけでまったく甘く生きようと考えたこともない自ら苦い生き方をしている輩め」、「世の中甘いか甘くないかで言ったら絶対甘い方がいい！　そうだろ！　私は世の中が甘い甘い世の中であってほしいと願ってるんだ！」って必死な反論の嵐である。私も甘い世界で生きたい。

あんまり甘くない時代もあった。具体的に言うと戦時中だ。丸谷才一の『笹まくら』。大学の庶務課補佐・浜田庄吉氏、徴兵忌避をして五年間、逃げまわってた過去があって。そんな何十年も前のことを、いまさら蒸し返され昇進の話がふいになる。忌避したことを恥じてはいないが、やはり後ろめたさのようなものはあって複雑である。私も登校忌避していた時期があるが、って一緒にしちゃいけませんが。まあ恥じてることではありません。

それでも、いくら生き恥さらしても、生きていたほうがいい。と思いたい。「食べる。寝る。

それだけで最高じゃないか」と、『ライムライト』のチャップリンは言った。

昨年いちばん人気のドラマ、『逃げるは恥だが役に立つ』。新垣結衣が勝手に情熱大陸やってるの可愛かったですね。僕もよく真似してますがそれはともかく。あれも、嫌なことから逃げて逃げて、場当たりの決断をしていくばかりでも役に立ってくるというドラマでした。東村アキコの『東京タラレバ娘』も、流れは同じ方向で。三巻の帯の「明日どうにか生きていくために今日の私たちは目先のことだけ考える」というのは秀逸でした。

逃げたやつ、の成功譚として、いちばん古典的な名作は、やはり『千夜一夜物語』だろうか。奴隷として売られた女を、どさくさにまぎれて奪い取って一緒に逃げ、女が死んだあともひとり放浪し、最終的に国王にまでなる。虫プロ版の映画では、主人公を青島幸男が演じてた。あの楽天的でパワフルな感じが実にぴったりだったのを覚えてる。国王になってからは、「まず、全国民の挨拶は相手の鼻をなめること、目上のひとへの挨拶はサカダチにしましょう」とか、「太陽に届くほどの塔を建てよう」なんて悪政ばかり。「いい王様になってほしいってのか？　ふうっ、そうはいくもんか。クシャミひとつで十人の医者の首が飛び、アクビひとつで千人の美女が踊りくるう。それが王様ってもんだ。俺はな、王様になった以上、王様の力がどれだけのもんか、そいつを確かめてやるんだ」ってへんなふうに筋がとおってる。それでもって王座から追い出されても、「王様か、小せえ小せえ。さァ、人生、王様の次は何だろね」と歩きだすその背中も現実の青島サンと重なってた。

逃げた先なんて知らない

逃げの名人、といったら、やっぱりチャップリンだろうか。放浪紳士チャーリー、いろんなものから逃げてる。工場から逃げた職人と、孤児院から逃げる少女が、手と手をとりあってゆっくり道を歩いてく『モダン・タイムス』。自身の王国で起きたクーデターから逃げた先のアメリカが、騒がしくて不自由な国で、TVスタアになったのにここからも逃げる『ニューヨークの王様』。『チャップリンの冒険』、THE Adventurerという少年向きふうなタイトルでありながら、その実は刑務所から脱獄し警官から逃げるだけ、っていう初期の短篇作品もある。その逃げまどうパフォーマンスがいちばん可笑しいのは、やっぱり『サーカス』か。サイフ泥棒と間違われて警官から逃げ、サーカスの舞台でも逃げまくり、観客は爆笑、拍手喝采となる。まさに名人芸である。

ＳＰＥＣの神木隆之介もそうですね。神木くんの能力は、時間の流れをものすごくゆっくりにして、自分はそのぶん速く速く動けるってもの。バイトのばっくれにはもってこいのチカラだ。そんな能力あったら、そもそもバイトする必要がないか。トロいみんなをバカにして、不敵に笑みを浮かべる神木くんホント可愛いんですわ。

バイトなんざ。ばっくれたところでもともとだ。そこから逃げたからと言って別に、いいとこへ行けるあてもない。逃げた先どうなるかなんて知らないが、とりあえず今の環境が不快だから他へ行く。Any where, but here ってやつか。自分じゃ無理げな案件は諦めて、他人に任せるという選択は、とても謙虚で潔い気がする。総理大臣でいうと福田康夫とか、鳩山由紀夫とか。できないと思ったらあっさり辞める。あの辞め方はとっても粋でした。安倍ちゃんはよかあないですね。前のときも、参院選負けたとき辞めずに、その後の謎タイミングで辞めて。今回もじりじり粘ってるし。なのに支持率五〇パー越えである。世間の多勢は、やっぱりネバリ派か。諦めないことが美徳、という趨勢は変わらないのだろうか。「あっさりと恋も命も諦める、江戸育ちほど悲しきはなし」。アッサリ派の私としては、今日も目の前の問題から逃げている。具体的に言えばオシッコ溜まってて、でもトイレに行くのが面倒くさい。そんな内なる戦いをしてる最中なんである。ずいぶん下らない戦いになっちゃったな。

（トーキングヘッズ叢書 No.71「私の、内なる戦い」、二〇一七年七月）

われらグロテスク仲間〜恥部を明かせる異常で貴重な関係性について

もちろんホモだとは言ってない。職場でも実家でも。詳しく言うとゲイ寄りのバイだとか、ショタコンだのメンヘラだの、その他もろもろの性癖もちのことも言ってない。「変装するのが礼儀だと私は信じている」と山本夏彦は書いた。「私は我が胸の底は白状しない。それが礼儀に反することが多いからである」。

私や山本翁にかぎったことじゃない。世間は変装したひとで満ちている。社会は壮大な仮装パーティだ、と誰かしらが言っていた気がする。友成純一『内蔵幻想』にはこうある。「洋服なんぞを着るのは、人体＝糞便製造機にすぎないという本性を隠すためにちがいない」。ツイッターでは或る研修医氏が、こんなつぶやきをしていた。毎日仕事にいくときは、「コント・研修医」とひとりごちる。

これはぜひ真似しようと思った。私も職場へはひょっとこのお面をかぶったつもりで参ります。のっぺりした仮面の端から、グロテスクな内面がチラチラ見え隠れしていたとしても、それは私の本意でない。マスクをずっとつけていると息苦しいから、時たまチョットずらしてるのが見えちゃっただけの話である。

本当はゼンブばれているのかもしれない。あのホモメガネまたショタを目で追ってるよ、と陰で噂われているのかもしれない。それでも、当人にそれは触れずに、表面上は柔らかく接してくれているのだとしたら、それはとてつもない優しさのなせるわざであって、ありがたいことです。本当にありがたいことであります。

古屋兎丸の最新作『アマネ・ギムナジウム』は、耽美系人形作家の女性の物語である。宮方天音、二十七歳。わりと美人ぽい、のに年齢イコール彼氏いない歴でふだんはしがない派遣社員である。ちょっと話した男性社員氏いわく、「宮方さんって……やっぱり面白いや！」。うーん、なんか先入観もたれてるぽい。けれども、それをストレートには言わないところが社会における礼儀でありマナーである。

村山槐多の『悪魔の舌』の、自殺した青年詩人・金子鋭吉もそうだ。「えたいの知れない変物」として友人にも認識されていたが、それでも、彼の内面をしっかりと知れたのは、金子氏の自殺してのち。その遺書によってである。壁土・みみず・なめくじ・人肉など変食が好きで、ついには弟を食べてしまったとの告白がそこには書かれていた。

ちょうど僕も、金子くんと同い年だから。僕が死んでこんな遺書を残したら、読んだ友人はどんな感想をもつだろう。或いは、僕の友達が死んでこういう遺書が残っていたら、自分はどういう思いをいだくのだろう。と、ぼんやり考えてみる。そして、私には友達も弟もいなかったことに気づいて安心する。

安心してちゃあいけませんが。とりあえず『悪魔の舌』で、遺書を読んだ友人は、「彼は人間ではなかつた。彼は悪魔であつた」なんて叫ぶのである。

まさしく悪魔かもしれない。けれども、先述のように、この世のひとは一皮むけばみんな悪魔である。僕も私も誰もが悪魔である。けれどもその悪魔の面が表に出ると、こんなふうに非難されることとなる。

だからこそ。ひとは自分の悪魔の面、グロテスクな内面は隠しておくんである。仏教用語でいう「悪魔」は「魔羅」と同義でありまして、やっぱり表だって見せびらかしちゃいけないものですな。また、一般的なマナーとして。他人からなんとなくキナくさいニオイが感じられても、深く追求したりしない、というものがある。自分もまた、脛に傷のひとつふたつは持つ身だからである。

そう考えると、位置原光Z『アナーキー・イン・ザ・JK』の五人組のすばらしさときたら。一つ目のカマトト娘・兄のことが好きな眼帯っ娘・ドMだから床に横たわっていつもみんなに踏まれてる男の娘など、突っ込みどころ満載の女子たちが仲良くわちゃわちゃしてて、見ていてとても楽しいです。普通ならば、追求されると困るような面もおたがい見せ合えて、そういう部分も含めて受け入れてもらえる関係性は、たいへんに貴重なものである。同様に、魔羅を見せ合える関係性もこれまた貴重なものである。すばらしいBL作品に対して「尊い……」という賛美の表現がなされるのは、そういうことだ。もっと言えばいわゆるハッテンバは貴重な関係性であふれてる、のかもしれない。あいにく行ったことないんでよくわからんのですが。

アバタもエクボになる日

魔羅の話を続けるけど。えっそこ続けるのかよと自分でも引いてるから大丈夫です。可愛い子だな、と思う同級生や後輩の股間をコッソリ覗く機会があると、その立派さにビビる、なんてのはホモ学生あるあるである。存外に肌がザラついていたり、すね毛やわき毛がモシャモシャだったりする。しかし、好きになった相手ならば、それもまた魅力のひとつとして数えられます。アバタもエクボなのである。

結婚したばかりの夫婦。恋しあっていた仲なのに。夜の寝室で、夫が目玉を舐めてくる。「これは一体何⁉」、「初めて舐められた時から疑問しかわいてこない……」、「しかし夫は満足げである 何故」って戸惑いまくりである。「私は変態の妻になったんだ……」なんて衝撃を受けてるが、そのうち「賢次郎さん 舐めてください」って詰め寄る。「賢次郎さんが望むなら あなたとなら あなたのためなら 私ッ……変態にだってなります」と、夫の目玉を舐める。「気付いたんです そこに愛があれば どんなことも受け止められるって……」、ってこりゃまた悟っちゃったねどうも。アバタも強引にエクボとした一例であろうか。浅岡キョウジの連作短篇集『變愛─奇妙な恋人たち─』の、表題作である。

同短篇集には『紅い蛞蝓』なんて作品も収録されていて、こちらも變だ。園芸部の男女ふたりの物語で、女の子がちょくちょく指に傷をつくっては、男の子に舐めてもらう。「ベロってナメクジに似てて面白いなって思って」、舐めてもらってるんだという。最初はそれだけの気持ちだったのに、そんなところから甘酸っぱいラブストーリーが展開されちゃうから驚きだ。こっちは、アバタなはずのものがエクボに見えてたパターンか。筒井康隆『エンガッツィオ司令塔』でも、彼女の誕生日パーティに招かれた青年は、向こうの父母も交えたスカトロSMを強要する。青年は誕生日プレゼント費用をかせぐため、いろんな薬の治験アルバイトに参加してて、お薬の影響でわけわかんなくなってるんである。通報され、いったんは逮捕もされたものの、その後も「おれ以外の男とは結婚できない精神及び肉体になった」なんて主張する彼女と交際を続けてる。またあんなことにならないかと、向こうの家族にも期待されてる節があるんである。

まあ、結果オーライというか。蓼食う虫も好き好きで、好きになるタイミングも人それぞれなんである。夢月亭清麿の落語「もてたい」の夫婦は、もう結婚して数十年になるが。不細工な夫が宝くじに当たって、整形して男前になりたいと言い出すと、妻はとめる。あんたのその顔も、見ているうちに味わいがあると思えてきた、と語る。

それが、家族というものなのかなあ、としみじみ考えたりする。長い年月のなかで出来てきた関係性は、トゲトゲしい一面も、そのままに受け入れてしまう。いわゆる「慣れ」は偉大である。山本アットホームの『山本アットホーム』は、いっけん普通に見える仲良し四人家族が、わりとバイオレンス&ナンセンスだ。それでも誰ひとり、山本家から逃げ出さないから凄いね。特にお父さん。会社をリストラされてから、ウスで頭ぶん殴られたり、節分の豆で超集中攻撃されたりといじめられてるのに。『原田ちあきの挙動不審日記』のお父さんも、仕事辞めたり家出したり自己破産したり四年周期でやらかしてくれるが、次が楽しみとか著者も書いてて。楽しみなのか。っていうかその父ちゃん、謎のネズミみたく描かれてるし。友達はフワフワスポンジやウサギの化物みたいな、この世のものとは思えないグロテスクな姿である。そんなふうに描けるような素敵な関係性を築けてる、ということでしょうね。いい感じに言ってみた。

完全自己紹介マニュアル

それと違って。「慣れ」の生じる期間がない、初対面の間柄でも、自分のグロテスクな内面を見せちゃうやつは。一般的に、距離感のおかしいひとであるとされる。古典的なものでいえば、涼宮ハルヒの、あまりに有名すぎる自己紹介。「ただの人間には……」とか「この中に……」とか序盤聞いただけでニヤつきますね。あるいは、近年のジャンプギャグマンガの最高傑作『左門くんはサモナー』における、左門くんの「初めまして‼ 左門召介です サモナーやってます趣味は悪魔の召喚です‼」だろうか。

もちろん、ハルヒも左門くんも孤立するわけですが。世の中うまくできたもんで、そのうち、変な仲間ができる。左門くんの場合は性格がカスだから「カス虫」呼ばわりされてるが、なんとかクラスにとけこめるよう、「2-Bの天使」と呼ばれる美少女・天使ヶ原さんが気にかけてる。性格がクズの九頭龍くんとはやたら馬が合って親友である。とうぜん、左門くんが召喚した悪魔も仲間であり、友達である。暴食の悪魔・ベヒモス先輩とはバンド『鬼ゃん子』を組んでるし、「最強の悪神」であるが故にぼっちのアンリ・マユはリア充ぽいことがしたくて、左門くんや天使ヶ原さんを引き連れてスキー旅行に行ってる。

だからって、自己紹介でへんなことというのはオススメできませんが。谷川ニコ『私がモテないのはどう考えてもお前らが悪い！』じゃ、最初の自己紹介でだだすべりしたのが尾をひいて、その後長いぼっち生活を送ってるから。それでも修学旅行後は、なんだかんだ友達っぽい連中も増えてきて、微笑ましい限りだ。こちらも結果オーライと言えるのかしらん。

自分のグロテスクな内面を、先に明かした上で寄ってきてくれたひととつきあうか。心の内を隠したまま、関係が深まるにつれて少しずつ明かし合っていくか。そういうたぐいの部分は隠しとおして生涯をつらぬくか。どの道をゆくも、ひとそれぞれではありますが。いや、私たちはひとではなかった。私たちは悪魔なんだから、悪魔の所業の限りを尽くしたい。まず弟を探すところから始めよう。私は二枚舌なんで、悪魔の舌も持ってるんである。兄弟は他人の始まりというから、逆に他人を弟がわりに食べてもいいか。グロテスクな内面を見せ合える仲間と義兄弟の契りを交わして、そして食べてしまうのだ。けっきょくは一人になるのです。

（トーキングヘッズ叢書No.72「グロテスク 奇怪なる、愛しきもの」、二〇一七年十一月）

妄想大培養inボンビー集合住宅

寒さに負けっぱなしである、ここんところ。長袖着てセーター着てコート羽織ってもまだ寒い。家の中にいるはずなのに。節電意識はそれなりにあるけれど耐えきれない。まあストーブくらい許されるよね許されます。と、毎日自分で自分に許可出してる日々だ。

寒いしつらいし腹ペコだ

竹内銀次郎の気持ちがよくわかる。目の前に豪邸があって、自分は寒い部屋で凍えてりゃ、そりゃ誘拐のひとつもしたくなるだろう。黒澤明の『天国と地獄』は、地獄から天国へ這い上がることのできた成功者だから描けた物語なんではないか。地獄に現住する立場から見ると複雑だ。自分が死刑宣告されたような気になってシュンとして、そのまま冬眠したくなった。永遠に。

雪山でおなじみのシーンだね。「起きろ、寝たら死ぬぞ」って。あんな風にならないかなアと期待して床に就いたわけだが、残念ながらそこまでじゃなかった。でも寒いことは確かなのだ。

こんな小咄がある。「どうしてあんな男と結婚したの？」「だって、夜寒かったんだもん」。冬の夜が今よりずっと寒かった、江戸時代の話である。炬燵が生まれストーブができ床暖房が完備されたマンションが建つ現在、独身女性の割合は増えてるようだ。

寒い、という不快感を、暖房器具で解消したわけである。立川談志によると、不便をモノで解消するのが文明で、不便を楽しむ心の余裕を持つのが文化だそうだ。実際、談志は自宅を新築するにあたって、こんな問答を交わしたという。「文化的な家を建てて下さい」「たとえば、どのような」「適度に雨漏りがする家を」。

果たして注文通りのものが出来たらしい。談志は喜んだみたいだが、ふつう雨漏りすりゃ欠陥住宅だろう。怒ってもいい場面である。そう、ものは考えようなのだ。ピンチはチャンスだ。なんて前向きすぎて吐き気がすることを言うつもりなど毛頭ないが、一見マイナスに見えるところも、発想を変えればプラスに転じられるのは事実である。もっともその発想の転換は、しばしば突拍子もなくなって不審者扱いされるかもしれないが。

生きているつもりの人生

なんにもない、ということは、なんでもある、ということだ。想像力で無限のものが生み出せる。と、立川志の輔は言った。扇子と手拭いだけで世界を創りだす落語家ならではの発言だが、落語にもこの文言、そのままの話がある。「だくだく」という、世の中「つもり」で生きている男の物語である。

新しい長屋へ越してきた八五郎、持っていくのが面倒だからと、家具をみな売り払った。空っぽの部屋は寂しいが、新品を買う金もない。近所の絵描きに頼みこみ、壁中に豪華な家財道具を描いてもらった。お金のはみ出た金庫やら、アクビ途中の猫までも。その日はそれで眠りにつくと、やってきたのが間抜けな泥棒。ひっそり忍び込み仕事にとりかかるが、みんな絵だもの、盗めるわけがない。癪にさわるから「金庫から金を取り出したつもり、風呂敷に詰め込んだつもり……」なんてやっていると八五郎が目を覚ます。「器用なやつだなあ」と感心しつつ、「がばっと跳ね起きたつもり」。泥棒と対峙して、「槍を取ってリュウリュウとしごいたつもり、泥棒めがけて脇腹を、ぶつりと突いたつもり」。泥棒さん、自分の脇腹を押さえながら、うめき声をあげて「うぅーん。だくだくっと血が出たつもり」。

すごい噺だ、と思う。絵に描いた餅ということわざがあるが、食べたつもりになれれば同じことだし。ここまで妄想の世界に遊べるなら、とっても幸せな人生を送れるんでないか。いや、幸せな人生を送れたつもり、か。

妄想で人生を豊かに？

同じく古典落語の「長屋の花見」では、貧乏長屋の連中が花見に出掛けるが、おサケが買えずに番茶の「おチャケ」で酔っ払ったふりをする。玉子焼きに見立てて沢庵をかじりつつ、「この玉子焼き、ずいぶん歯ごたえがいいねえ」などとわけのわからぬことを言う。さっきほどではないけれど、これまた迫力のある話である。

もっとも、無い物を代用品でごまかすのはいつの世も同じことだ。鯨のベーコンまでいかずとも、カニかまぼこなら十分代わりになる。っていうか、私はカニかまの方が好きですね。アメ横で一杯千五百円みたいな、碌でもないカニしか食べてないせいかもしれないが。

小説を読んだり映画を観たりするのも、他の人生を体験する代償行為という面がある。もっと言えば、エッチな本や写真集を開くのは性行為の代償である。だからエロ本を千冊買えば、千人斬りしたのと同じであると言っても過言ではある。ギリギリのところで理性を取り戻した、さすがに今の例は過言だった。美少年のイメビを何本買っても美少年の愛人が大勢いることにはならないと分かってるよ分かってますともさ、ええ。でも繰り返すけれど、妄想で楽しめればこんなラクなことはないと思う。

足りない妄想力を補う手段には、映画や絵画、本ばかりでなく、クスリなんてものもある。いえ、私は試したことはないんですがね。試す代償行為をしたことはある。めんどくさい言い方をしてしまったが、クスリをやった人の本を読んだというだけのことである。中島らもの『バンド・オブ・ザ・ナイト』などは読むだけでラリれるし、西原理恵子の『できるかなリターンズ』でも、ガンジャや覚醒剤で頭がホニャホニャになるのを疑似体験できる。

ここで急速に本題に戻るが、どうしてそこまでして、妄想せにゃならぬのかというと。やっぱり現実がつらいからである。寒いとか疲れたとかいう肉体的な不快感を、精神的快楽でまぎらわしてるのである。それには一人でなく、大勢いた方がまぎらわせやすい。先ほどの「だくだく」にしろ「長屋の花見」にしろ、人が二人以上となったところから妄想度合いが加速している。丸谷才一の『裏声で歌へ君が代』では、台湾民主共和国という架空の国家さえ成立させてしまった。

こうした集団妄想を発動させるには、やはり、同じ屋根の下に住み同じ不快感を共有することが重要だろう。戦後ウン十年経っても、戦友がいつまでも連絡を取り合ったのを見てもわかる。その場となるボンビー集合住宅は、かつての長屋であり現代では寮やアパートである。部屋は狭く壁は薄く、夏の暑さと冬の寒さを兼ね備えたその場所は、おかしな想像力を培養する装置として完璧だ。嫌な完璧だが。

それに、類は友を呼ぶということもある。筒井康隆『俗物図鑑』では、様々な奇人たちがひとりでに寄り集まっていく。あの梁山泊プロ、ゴキブリホイホイならぬ奇人ホイホイさながらなんである。フランシス・ヴェベールの『奇人たちの晩餐会』でもそれが明らかだ。普通に考えたら、毎週毎週そう大した変人が見つかるわけがない。でもどうやら見つかっているらしいのは、変人を呼んだ晩餐会を楽しんでる彼ら自身、とびきりの変人だからである。天才は天才を知るがごとく、変人は変人を呼ぶのである。このあとでトキワ荘の例を持ち出しては、手塚先生たちに失礼ですね。でも手塚治虫にもダブル藤子不二雄にも、そしてもちろん赤塚不二夫にも、狂的側面が垣間見えるのは周知の事実だ。

そして妄想による精神的快感は、ときに肉体的不快感を凌駕する。爪に火をともすような生活をしていた老人の家から、死後莫大な富が見つかるなんてのはよくある話である。これをどう使おう、ああ使おうと妄想ばかりにいそしみ使うことを忘れてたのである。忘れるほど妄想が楽しかったのである。

四畳半で湧く妄想ヂカラ

saxyun『ゆるめいつ』でも、そうだ。暖房もクーラーもなく満足な食事も摂れてないのだから、さっさと勉強して大学入試に受かるよう努力すればいいものを、四人していつまでもダラダラ過ごしてる。予備校にさえ行かない。

不快でないからである。現状が不快であればそれを変えようと努力する、しないのは不快でないからだというのも立川談志の言葉だ。彼ら浪人生は、浪人生活が不快でないのである。変てこな遊びを考えて、わけのわからぬ妄想談義にふける毎日から抜け出したくないのである。

ここまでくるともう、妄想はただの妄想でない。それを生み出す力を、「妄想力」とでも呼んじゃおう。『老人力』の赤瀬川原平に敬意を表して、読みは「妄想ヂカラ」である。とっても後ろ向きな力だが、省エネで節電な今の時代には持って来いですわね。どうやってもエコとは言いがたいけれども。

じゃあ森見登美彦『四畳半神話体系』はどうなんだ。最終話「八十日間四畳半一周」で、主人公は永遠に続く四畳半から出られなくなる。「大学三回生までの二年を思い返してみて、実益のあることなど何一つしていないことを断言しておこう」などとうそぶきながら、四畳半をこよなく愛す彼が八十日そこから出られなくなり、脱出成功後そこへ戻ろうとしなかったのはどう解釈する。四畳半妄想暮らしが不快だったからじゃないのか。

それは、えーと。ちょっと困ってしまったが、とりあえずのちの主人公の、こんな独白を参照されたい。「私は過去の自分を抱きしめはしないし、過去の過ちを肯定したりはしないけれども、とりあえず大目に見てやるにやぶさかではない」。

よォッ、やぶさか！　やぶさかではないと来ましたね。いや、勢いでごまかそうとしてるわけではなくて。大江健三郎いわく、やぶさかという古語を現代でわざわざ使う場合に意味は二つあるのだ。相手との距離を示すときと、逆に距離をなくすためである。

ここでの意味は。明らかに後者だ。認めたくなかった過去の自分との連続性を認めた、どころか、積極的に同一化したがってるんである。主人公は四畳半から抜け出すことで、過去の自分を四畳半に縛りつけたのだ。ルキーノ・ヴィスコンティ『山猫』だね。小沢一郎がことあるごとに引用するんで有名になったあの台詞、「変わらず生き残るためには、変わり続けなければならない」ってやつだ。

そう、妄想は時に人を、時代をも変えうる。誰だったっけ。首相になるやつはみんな馬鹿だ！なんて言ってたのは。誰が言ったかわからない言葉は「古人いわく」としとけばいいと山本夏彦は書いたけれど、明らかにそこまで古人じゃないしなア。まあいい、その理由はというと、

「首相になんかなれっこないのに、なれるって思い込んだやつだけがなれるんだから」だそうだ。妄想ヂカラを原動力に、世の中は変わってきたんである。いい方にか悪い方にかは知れぬが、とにかく動いてきたのである。それをはぐくむ舞台は、勿論、ボンビー集合住宅だ。ねえ、野田総理。松下政経塾をボンビー集合住宅に含められないかどうか、いま必死で考えてる最中なのである。いちおう寮制みたいだけど、バックがパナソニックじゃアねえ……。

（トーキングヘッズ叢書No.49「キソウ／キテレツ系」、二〇一二年一月）

私が今夜の悪夢を見るまで

高校三年生の冬だ。卒業式までもう間もない。中高一貫だったから、六年、同じマナビヤで過ごしてきたやつらがいるわけだが。残念ながら、彼とは友達だ、と、しっかと胸を張って言える相手はいない。同じ組だったとき、時たま話したひとはいるけれど、それ以上の仲じゃない。このまま卒業式を迎えていいのか。もっと自分から交流を深めに行くべきではなかったかと、いっぱいの後悔のなか目がさめる。医学部の六年生で、大学の卒業試験も終わったころ見た夢である。

大学でも高校と、まったく同じでしたけども。ぼっち根性は変わらない。中高では、いまをときめく賀来賢人とも同級生だったことはあるが、完全にイヤなタイプの陽キャで、むかつく絡まれかたをした記憶しかない。ついでだし賀来賢人の話をもうすこし続けてもいいですかどうでもいいですか。中学三年のころだと思うけど、ディベートの授業があって。どんなテーマかは忘れたがクラスで二派に分かれて討論する流れになり。日原さんがいっぽうに行こうとしたら、あいつは「ヒラハ（当時の私のあだ名）もこっちかよー、ヤだな」とかなんとかぬかして。親しい仲ならまだしも、彼奴とは一言も言葉を交わしたことはないって状態でだしぬけにそんなこと言われたんで、ブチギレて即座に真逆の派に移った記憶がある。その少しあとに、図書館で落語のCDを聴いていたら、こんな言葉に触れて膝をぶっ叩いた。自民党で国会議員をやり政務次官を辞めされられたあと、自民党を出て次は共産党から出ると言い、「俺はイデオロギーより感情で動くんだ」と落語のマクラで語る立川談志。実に深く共感したところでありました。

何の話だっけ、そうそう夢の話ですが。たぶん、大学を卒業するころも同じ、サビシイ状況だったからそんな夢を見たのかしらんとは思うけど、その後もねえ。研修医のときは、少人数だったたし、会えば話すくらいのひとはいたが、まあそれだけで。精神科に入局してからは、上の先生がたとはお話させていただくことは多いが、それはもちろん師匠筋であって、友達だなんてナレナレしいことは言えない。患者さんともとうぜん話す、話さないと診療にならないが、友達みたいな関係性でしゃべれる相手はいても、やはり、ちゃんとした友達というのとはちがう気がする。変わらずサビシイ人生なのである。

そんな、さびしさには慣れた人生であっても、この小説を読んだときにはずんと来ました。筒井康隆『夢』。筒井氏は夢を題材にした作品を多く書いているが、『エンガッツィオ司令塔』収録のこの短篇は、妻に先立たれてひとりマンションに住む老人の見た夢の話だ。両親、兄弟、妻、息子からやかましく言われ続ける夢。当時は、ひとりで過ごす自由を望んでいた彼だったが……。いまこの夢を、どんな気持ちで見たのだろうか。

望みはこうして悪夢になる

いっさいの夢は願望充足だとフロイトは書いた。みんな大好き『夢判断』である。ではなぜ悪夢を見るのかというと、その願望があからさまに出ると、自分がそんな欲望をもっていたなんて……といやになってしまうような欲望は、夢のなかで歪曲され偽装されるのだそうだ。

家族からやかましく言われる夢は、いっけんすれば悪夢のようだが、彼にとっては願望充足でもある。現在の寂しい生活が、そういう夢を見せたのである。今回は、悪夢を見るに至る背景、からくりについて書いていこうという趣向ですが、よろしいですかどうでもいいですか。

山川直人の連作『シリーズ 小さな喫茶店』のうち、『珈琲桟敷の人々』収録の短篇・「さまよえる男たち」は、その意味でとてもわかりやすい、わかりやすすぎるくらいわかりやすい夢だ。残業で疲れた帰り道、「私……なにが楽しくて生きてるんだろう」とひとりごちる女性。そこに、ショボくれた中年男が、「すみません、日比野さんですよね」と彼女の名を呼ぶ。思わず逃げて入った喫茶店で、コーヒーを頼むと、ちょいワルふうのおじさんがこっちを向いて「日比野さん?」。また逃げて、助けを求めた老人も、「彼らなら大丈夫ですよ 日比野さん」とみんな彼女の名前を知ってる。「私たちは日比野さんが書いた……小説の登場人物ですよ」。投稿しては落選し、ついに投稿をやめてしまい、書きかけだった小説の登場人物だという。「どうして続きを書いてくれないんですか」、「リアリティのない設定で放置して……」、「最近はパソコン開いてもネット見るだけ」、「あなたは書くべきだ」、「書くことで現実の生活とバランスをとっていたんだから……」。そして目が覚めて、彼女は小説を書き始める。というストーリー。

ふつうに読めば、小説の続きを書きたい気持ちがちょこっと歪曲され、その思いを「小説の登場人物」に代弁させた夢ですよね。この夢を見た場所が、いつも小説を書いていた喫茶店であることとも関係しているはずだ。三遊亭歌笑の新作落語にも、こんな一節がある。「ブタの夫婦がのんびりと 畑で昼寝をしてたとさ 夫のブタが目をさまし 女房のブタに言ったとさ いま見た夢はこわい夢 俺とお前が殺されて こんがりカツにあげられて みんなに喰われた夢を見た 女房のブタが驚いて あたりの様子を見るなれば 今まで寝ていたその場所は キャベツ畑であったとさ」。『歌笑純情詩集』より。私も当直室で寝てるとき、患者さんが逃げたとかいう悪夢をみた。この夢解釈はやめといたほうがいいですね。

フロイトかぶれの夢講釈

同じく山川直人『シリーズ 小さな喫茶店』の、『珈琲色に夜は更けて』収録「恋人を夢の中に置き去りにした話」は、もうすこしネジくれた夢だ。喫茶店が好きな若い男が、ようやくできた恋人と「タワー・カフェ」に入る。摩天楼のような珈琲屋だが、メチャ混みで、階段をのぼっては空席を探すが、なかなかない。のぼってのぼってようやく席を見つけて店員を呼ぶと、一階で珈琲チケットを買うように言われる、そして階段をようようおりると、財布を忘れたことに気づく。また階段をのぼらねばならない。暑くて、はあはあ息をつく。「なんだよタワーカフェって」、「なんだよチケット買えって」。そして気づく。「これってまるで……」、「夢か?」。目を開いて起きれば、もうここから開放されるのか、と気づく。「でも彼女は……」、「俺を信じて俺の夢の中でずっと待ってる彼女はどうなる?」。思い悩むが、しかし暑い。「暑いんだよ」と、パチリ目を開けてしまう。起きたら風邪をひいていて、熱をだしたときの夢だった。風邪はその後治ったが、「買い物に町へ出ると女の子がいっぱい歩いてる」、「けど俺の恋人はいない」、「恋人を夢の中に置き去りにした俺は この世界で独りで生きるほかない」。

これは大変にエロい夢だ。ドンと言い切ったな。でも勢いで、これからはどんどん決めつけてきます。タワーはもちろんペニスの象徴で、カフェ・タワーをのぼったり、おりたりする行為も、とうぜん性交をあらわす。それで汗をかいて起きてしまうわけだから、すなわちこの夢の解釈はこうだ。「自分はセックスは暑いし大変だと思っているから、このさき独りで生きてもよい」。

ずいぶんフロイトにかぶれすぎじゃあないか。まあしかたがない、『夢判断』を今さら読んだばっかりなので、今回の私はにわかフロイディアンなんである。フロイトは「夢の中のすべて複雑な機械や器具の十中八、九は性器、しかも男性性器である」、「夢の中に出てくる風景、ことに橋があったり、森に覆われた山があったりする場合は、たやすく性器描写だろう」、「夢の中にでてくる子どもはたいていの場合性器である」、「小さな子をぶったりするのは自慰行為の夢表現である」とまで言う。この訳者は昭和の名随筆家、高橋義孝だったりするから面白い。高橋義孝なら、それこそ中高でずいぶん読んだ。ひねくれたご隠居みたいなエッセイに当時ハマってたが、本棚を見返すと、『狸の念仏』なんて本が残ってた。その中の一篇「隠れたる伴侶」には、こんな夢の話が書いてある。座敷にいると侏儒がやってきて、「いつぞやはまことにありがとうございました」と礼を述べ、金貨を二、三枚差し出す。いつか、煙草屋の店先で侏儒を助けたことがあったなと思い出す。

高橋氏自身はこの夢について、「荒唐無稽といへば、むろんそれまでの話だが、誰しも、たとへば私におけるこの侏儒のやうな、変に幻想的なものを心に持つてゐはしないだらうか」、「そしてその変なイメイジのやうなものからは、不思議な力や慰めがわれわれ自身に向かつて発せられてゐるのである」と書いているが。フロイト的に言えば、侏儒はやはり男性器でしょう。それを助けたとは、自慰行為ですね。しかも煙草屋の店先なわけだから、すなわち解釈はこうだ。「煙草屋の店先で公然オナニーしてみたい」。わお、ずいぶんカゲキな夢なんじゃないすか。

今夜、イイ夢を見るために

侏儒の夢もいいけれど。どうせ見るなら、もっとストレートな淫夢を見たい。筒井康隆『だばだば杉』は、枕元に置いておくと淫夢が見られるというだばだば杉を置き、眠りにつく夫婦の話だ。元旦の夜、枕元に宝船を置いておくと初夢にいいのが見られるなんて話もありますが、宝船の絵よりだばだば杉を置きたいですね。私の枕元には神木隆之介とコウペンちゃんのカレンダーがありますが、なぜか、あんまりいい夢見れてない。コウペンちゃんと神木くんって、宝船の七福神に匹敵する強力な布陣だと思うのだが。小泉光咲くんの写真も足しておくか。っていうかそもそも、枕元にはその他に、辻潤や陽気婢とかの読みかけ本が積み上がっていて、これで相殺されてるのかもしれない。

藤子不二雄Ⓐ『笑ゥせぇるすまん』の「夢に追われる男」では、悪夢に苦しめられている男が、自分の好きな夢を見られるというキャンディー・「遊夢糖」を喪黒氏に貰う。一日一粒だけ、と言われたが、少女とイイ仲になる夢のとちゅうで起きてしまって。なんとしても続きが見たいと、追加で何粒も食べてしまうと。夢の少女が現実にあらわれ、ナイフで刺されるはめになる。

いいキャンディーである。もちろん私も欲しい。そして容易に想像できる、何粒も食べてる自分の姿が。それじゃしょうがないから、チョコのホーバルでも食べましょうか。あれも何粒も食べると神木隆之介に怒られるやつだけど、神木くんに怒られるなら、夢でも現実でもどっちでもいいや。食べすぎて胸焼けして、また悪夢を見るかもしれないけど。

（トーキングヘッズ叢書 No.77「夢魔 闇の世界からの呼び声」、二〇一九年一月）

僕らはみんな小悪党〜小市民だれもが持つ小さな悪意

ツイッターのＴＬを眺めていたら、『月曜から夜ふかし』のことが話題になっていた。「夜ふかし」に出たレジバイトの女性いわく、六百円の会計に千百円だしてきたお客には、百円玉五枚でお釣りを返すことにしている、という。

なんてヒドイことをするのかと思った。その後、２ちゃんのまとめサイトを見たら、悪魔の所業、極悪非道。逆さづり火あぶり、打ち首獄門にしても足りない、と評されていた。私もまったく同意見である。ふだんは死刑制度に対して思うところがあったりなかったりするが、この者には即刻極刑を言いわたしたい。

われらゆがんだ小市民

まあ、そこまで怒ることはない。「私はまだかつて嫌いな人に逢ったことがない」と言ったのは淀川長治だが、おなじ男ずきの先達が言うことではあれど、私はそこまでまるくはなれない。さいわい私は、殺したいほどの憎しみが湧くような人物に出会ったことはないけれど、戸棚の角に頭をおもいっきりぶっつければいいのに、と思うていどにむかつく相手はいる。両手に余るくらいにはいるのです。後輩のOとか、ってイニシャルトーク始めなくていいですか。殺したいほど大きな憎しみをいだくほどではないけれど、小さな悪意をいだく相手はそこそこいる。そしてそれは、けっこう普遍的なことなのではないかとおもうのです。

諸星大二郎の『復讐クラブ』は、階段から落としてけがさせたり、家の窓ガラスを石で割ったりと、小さな復讐をしてはよろこぶひとびとの集まりだ。この作品が名作なのは、それが「小さな復讐」であるからにちがいない。藤子・F・不二雄の『コロリ転げた木の根っ子』では、ふだん横暴で暴力的な夫が、妻にがみがみ言い立ててる。すぐに手が出る。静かな奥さんは、そんな夫に従順にしたがう。しかし、その妻は廊下にウイスキーボトルの空き瓶を寝かせておいたり、よくないウィルスをもつといわれる野生猿を夫のペットとして飼ったりと、家じゅうに小さなトラップをしかけてまわってる。それが果たして待ちぼうけになるのか、コロリ転げた木の根っこになるのか。その逆が北杜夫『優しい女房は殺人鬼』ですかね。妻のすることがなんでも、自分を殺す計略に見えてしまうという。

小さな復讐の裏には、小さな悪意がある。小さな悪意の源泉には、小さなきっかけがある。坂本司『いじわるゲーム』も、ささいなことからはじまった。心をゆるしている女友達が、自分の男友達とつきあっていたのを、自分にだまっていた。

その男友達に、彼女は処女じゃないよ、なんて伝えるというゲーム。こんなたくらみをおもいついたのは、かくれた同性愛者の男。しかも、「女みたいに綺麗な顔してる」御仁だ。この話が収録された坂本司『何が困るかって』は、小さな悪意のつまった傑作短篇集である。

同書でいちばん胸にきたのは、『カフェの風景』。のどかな喫茶店。コンクリートの床に座り、老人にくんくん鳴いてみせる犬。おやつのジャーキーがほしいのに、老人は的外れに牛乳なんかを持ってくる。「じいちゃんに何かあったら、こうたくんがひきとってくれる」と聞いて、こうたくんの家族のところに行きたいから、「(じいちゃん、死んで)」、「(ねえ、死んで。早く、早くぅ)」と思いながら尻尾をふる。おやつのジャーキーをくれず、毛布ももらえず、そのくらいのことでひと一人の死を願う。その姿は、私たちそっくりだ。みんな、だいじなのは自分のことだけだ。そうでないと生きてはいけないのだ。大の虫を生かすために小の虫を殺す世の中だから、私たちのような小の虫は、大の虫のかげに隠れていなければならないのだ。

ハルノ晴『僕らは自分のことばかり』では、同級生で先に漫画家デビューしたやつを突き飛ばしていじめたり、殴ったりしていた。それでいて、自分が漫画賞に入選すると、「勝手に人を嫌って でもそいつに嫌われたらむかついて 好かれるとまんざらでもなくなって 自分の感情だけで動いて それでも許される 青春というこの時に オレはまだいる」ってなんとなくいい話ふうにまとまる。

古人いわく。小人閑居して不善をなすという。われらゆがんだ小市民は、小さなイジワル心、小ずるさ、小ざかしさを、だれしも持ちうるもんだろう。立川こしら・志らのYouTube配信番組『Hallo 中堅』で、こしら師匠の小ずるさをクローズアップした回があった。ほかで食事をたべてきたのに、大師匠・談志のお母さんにごはんをたくさん出されて。ちょっとでも時間稼ぎするため「ちまき」をゆっくり剥いていたという。前座修行もたいへんなのだ。

大きいことはいいことだ、という森永ＹＥＬＬチョコレートの宣伝文句がありました。逆に言えば、「小さいことは悪いこと」だ。映画『チャップリンの殺人狂時代』の主人公は、資産目当てに女性に近づき、殺して生計を立てている青ひげ紳士、ムッシュウ・ベルドウ。もともとは地方の銀行員だったが、世界恐慌で解雇される。家に帰れば、足のよくない妻と、小さな男の子がいる。

いよいよ死刑に決まるとき、ベルドウ氏は演説する。「殺人に関して、私はアマチュアです。ひとり殺せば殺人犯だが、百万人殺せば英雄だ」と、当時の世界大戦を皮肉る。ベルドウ氏だって、殺したくて殺したわけではない。家族の生活費を得るため、万やむをえず、職務として青ひげをやっていたのだ。その点では、大戦中の兵士たちと変わりない。

為五郎には気をつけろ

二代目広沢虎造の清水次郎長伝から、「石松と都鳥一家」。都鳥三兄弟が、花会・金集めの寄り合いに行くのに、百両もっていかないと男が立たないが、どうしてもあと五十両たりない。困ったなあというところに、ともだちの森の石松がくる。石松は見受け山の貸元・鎌太郎から、百両あずかっている。石松の親分・清水次郎長にわたしてくれと頼まれた、香典の金だ。

必要なのはあと五十両なはずなのに、都鳥三兄弟は、石松にぺこぺこ頭をさげる。あずかっているだけだから貸せないと石松が断るのを、すぐ返すからとむりやり百両借りてしまう。そして、返すそぶりも見せない。石松が催促をすると、石松をだまし討ちにして殺す。

凄いのは、浪花節ではこれを「悪事」としない。「恥」と呼ぶのです。石松の兄貴分・七五郎に言わせると、「恥を知ってるやつなら返すが、あいつら恥を知らねえ」、「あいつら男と生まれて、日にいっぺんずつ恥をかかねえと気持ちが悪いってやつらだ」。なんとも凄味のあるせりふである。

そのあとの物語、「為五郎の悪事」では、本座村為五郎はべつにひとごろしもせず、金もとらない。ただ都鳥三兄弟に、きたない雑巾でふいた茶碗で水を飲ませる。次郎長に石松が殺されたのを伝えて、そばに隠れている都鳥をどきりとさせる。これを「悪事」と呼ぶ。この為五郎は「あっと驚く為五郎」のその人で、つまりどこにでもいる、谷啓のような人物だ。クレージー映画でみる谷啓の役どころは、気が小さい小市民。

小市民とは、小ずるく、小ざかしい生き物である。みんな大好きポン・ジュノ監督の映画『パラサイト 半地下の家族』では、半地下の家にせせこましく暮らす家族四人が、小ざかしい知恵をつかって、豪邸に徐々にはいりこむ。その結果、何人もが命を落とし、血と汗が舞う惨劇になる。

それはスケールがでかすぎるけど。吉田ゆうこ『悪玉』では、優等生の男子高校生が、はじめての万引き現場をサラリーマンに写メとられ、それをネタに脅されてフェラさせられたりする。この代償もでかいですね。映画館でいっしょに映画をみてる最中、サラリーマンの男が居眠りしてるとき、DKは写メのあるスマホを抜き取ろうとしたりする。どちらも小市民らしい小ずるさにあふれてる。

小ずるい名作群

小市民のズルさ、セコさを描かせたら、かつてはサトウサンペイと東海林さだおの両巨頭が物凄かった。六〇、七〇年代の『フジ三太郎』、『ショージくん』など一連の作品群のすばらしさたるや。友人と居酒屋に入って、ふたりで鍋物をたのみ、肉は野菜の下にかくして自分だけコソコソ食べたりする。八〇年代は、いしいひさいちの『バイトくん』。いまなら『連ちゃんパパ』ですかね。ツイッターでも話題の、読むストロングゼロマンガ。登場人物全員クズというすさまじさ。でもひとは、ひとりも死んじゃいないのか。

死にまくるのは、乱歩の『赤いへや』。たいくつだからと、小さいイジワルで、ひとを九十九人まで殺すスサマジイ物語。これだけ殺したら英雄だ。柳家喬太郎がこの作品を落語化していて、主人公の退屈してる落語家は、なんとも凄みと、魅力がある。何度もCDで聴き返してしまう演目だ。

そういえば「小悪魔的」というのは、キュートな人物を評するのにつかわれる表現だが。『ブラッディ・マンデイ』、『SPEC』、『神様の言うとおり』の神木くんは、まさに小悪魔的でマジキチ可愛さある。先日亡くなった三浦春馬も、『ブラッディ・マンデイ』では好演していた。「惜しいつぼみは散りたがる」。これは清水次郎長伝の、「石松と見受山鎌太郎」の名文句でした。

ほんものの悪魔はキュートかどうか、見たことがないのでわかりませんが。キンキンに冷えたビールを、悪魔的だ、って言いながら飲むのはカイジか。私もそろそろ飲みたくなってきた。ストロングゼロでも買いに行こうと、仕事帰りにコンビニに寄り。つまみものもあわせて六百五十六円。レジで千百五十六円、だしたところで、ビニール袋の料金も追加で三円。〆て六百五十九円になった。クヤシイことに、サイフに一円玉があと二枚しかない。五円玉も、十円玉もない。歯をくいしばりながら五十円玉を出し五円玉と一円玉をひっこめて、帰り道悶々と悩んでしまう、肝っ玉の小さな男である。

（トーキングヘッズ叢書 No.84「悪の方程式」、二〇二〇年十月）

第四章　病院と墓場のあいだ

永遠に続く茶の間の憂鬱

　さいきん、楽しみなマンガの新刊が、あっという間に出てあっと言う間におわる。「時の流れ」がやばいぞ、とおもう。ヒロユキ『彼女もカノジョ』なんて、ぼんやりしてたらもう四巻だ。くらっぺ『はぐちさん』、雨瀬シオリ『今日はここから倫理です』、みんなうっかりしてるとどんどん出てる。『骨が腐るまで』の内海七重の新作『なれの果ての僕ら』も見つけた時には五巻まで出てたし、古屋兎丸『アマネ・ギムナジウム』も鶴谷香央理『メタモルフォーゼの縁側』も高野ひと深『私の少年』も完結した。と思ったら、古屋兎丸『ルナティックサーカス』が始まりもう一巻が出て、押見修造『おかえりアリス』もと。もうわけがわからない。谷川ニコ『私がモテないのはどう考えてもお前らが悪い！』なんて、気づいたらすっごいモテモテだし。

　ふだんは精神科医のふりをしている私だが、所属する大学病院の医局でも激動だった。初期研修二年を終えて、学生時代から実習でよくしてもらったＭＺＫ病院の精神科に入れたのはたいへんに嬉しかったし、科長のＣ先生も、打たれ弱い日原さんのことを察して、めちゃめちゃ優しく接していただいた。年々、お世話になった指導医の先生がたがご自身のクリニックをご開業されたりして医局をご卒業され、さびしい思いをしていたけれど。令和二年の年度末は、日原さんのメンタル大地震だった。『人はなぜ自殺するのか』という名著もある教授のC先生、外来医長として精神科診療・薬剤のことなどを何も知らない私にやさしく面白くおしえてくれたMRI先生、調査や学会発表のことなどでお世話になりすぎるほどお世話になっためちゃめちゃ優しい心理師のMZN先生がご退官される。驚天動地。涙の雨。科長には、T大病院から偉い先生がいらっしゃるということだけれど。MRI先生がご退職により、大学病院の分院であるMZK病院の数少ない、三人しかない常勤医の枠に、日原さんが入るという暴挙が。C先生、MRI先生のかわりなんて誰にも務まらないのだけれど、それにしても私とはどういうわけのわけがらか。わけがわからないと思いながら、また飲む薬の量が増える。

大槻鉄男『ある河には』を思い出している。「ある河にはある河のわけがあって 朱色に染まって流れてゆく 私には私のわけがあって 橋の上にたたずみ 昔のひとのように 朱色の流れをみつめている」。あるいは私自身、流されるのはとくいである。「人生成り行き」、どくだみ色に染まり流され流されここまできて、気づけば三十路をあるいてる。この一年超、ただでさえかたくるしいニューノーマルさせられているのに、身辺でもいろんなことがあって、もう頭んなかぐちゃぐちゃである。「かわらぬ日常」のありがたさが唱えられるなか、そうかもなあとうなずいたりする。

踊ろう「永遠の五歳児」

出会いと別れ。物語の中にも、それはある。篠原健太『スケットダンス』は、はじめ高校一年だったスケット部の三人は、三十二巻で高校を卒業して完結するし、『おジャ魔女どれみ』も小学校卒業で、涙涙でおわる。とかいいつつ、どうせ泣くに決まってるからまだ最後のほう見れてないのに、映画『魔女見習いを探して』も公開されたりして、気づいたらＢＤも出ていて、これもまた時の流れなんですよ。

endo『うさぎ帝国』の表紙は、あのやさぐれうさぎがねそべって「諸行無常」って叫んでる。「人生」という四コマでは、「今年もあと二ヶ月 きっとまたたくまに十二月になり……」、「クリスマスもすぎさり……正月がきて」、「気付けば秋風がふくころ」、「またこうして時の流れをおもいしって……」とたそがれてるなとおもったら「おどろう 人生はダンス」って踊り狂って終わるというすばらしさだ。踊る阿呆に観る阿呆、私はさいきん踊る気力もなくなってきている。歳とともに必要な薬の量も増え、若かったあの時代をしみじみ思い出すこともある。あの気力、体力がいまもあればと、フトおもうこともある。テレビではコラーゲンがとか、コンドロイチンがとか、不老にむけた製品をすすめるＣＭばかり。

そのテレビではクレヨンしんちゃんが、もう二十五年も五歳のままだ。「永遠の五歳児」だそうだ。サザエさんのイクラちゃんもタラちゃんも、いっこうに成長しない。いわゆる「サザエさんシステム」なんて名前までついている。『ちびまる子ちゃん』の世界ではいまだに西城秀樹が若手スターで、ドリフターズが大人気である。その志村けんもコロナで死んだ。ドリフ大爆笑のエンディングだ、「さよならするのはつらいけど 時間だよ 仕方がない」。でも「次の週までごきげんよう」で、次の週の日曜が来たら、また昭和のお茶の間である。さくらももこも志村けんも西城秀樹も死んだのに、日曜夜六時からのフジテレビは永遠につづく一九七〇年代だ。赤塚不二夫のマンガでは、ウナギイヌは出てくるたびバカボンのパパに食べられてしまう。それでも性懲りなくでてくる。でてきてはカバヤキにされて喰われる。

すぐそこにあるおだやかな地獄

それはきっと地獄なんじゃないか。と気づいたのはつい最近だ。曽山一寿『でんぢゃらすじーさん』でも、じーさんのバズーカで死んだ校長などは、次回はフッーに生き返る。いっぽう、大人向けの『コロコロアニキ』で連載された、じーさんがサラリーマンとして会社勤めする『でんぢゃらすリーマン』では、ダイナマイトで襲撃された部長はフッーに満身創痍で入院するし、その後フッーに死ぬ。じーさんはフッーに収監される。まあ、そののちの回ではなにげに生き返ってるんだけど。

アニメ『ひぐらしのなく頃に 業』では、いったんはハッピーエンドを迎えられたはずなのに、気づいたらまた昭和五十八年の夏だ。惨劇がまた、延々とくりかえされる。これは地獄にちがいないだろう。べつにそんな惨劇でなくても、テストで毎回零点で先生に怒られて、ジャイアンとスネ夫にいじめられる日常が、何十年もつづく状況は、これもこれで地獄だろう。歳もとらず死にもせず、なにげない「不老不死」の世界だけれど、あいもかわらぬ、終わりなき日常を生きなければならない拘束義務は地獄である。

宮台真司『終わりなき日常を生きろ』には、こうある。「いうまでもなく今日では、いつまでも同性同士で戯れつづける、茶髪でピアスのクラバーキッズやスケーターのように、男の子の中にも、ブルセラっ子並みに『終わらない日常』への適応力を増した子たちが、大量に出現してきている」、「しかし、そのように適応力を増した子たちが増えれば増えるほど、適応できない子たちはむしろ追い詰められ、居場所を失っていく」。居場所のない私はふらふらただよいながら大きくうなづく。ブルセラっ子とは当世ふうにいえば、パパ活女子やママ活男子だろうか。私もいつしかパパ側の年齢層になっていて、ずんずん墓場に近づいていく。むかしははやく、街の名物じいさんになりたいとおもっていたのに。
筒井康隆『ヘル』によると、「生と死の境界は断ち切れているのではなく連続していて、ごく自然な滑らかさで繋がっているのではないか」、「それどころか時には死の側から生の側へスムーズに還る流れも存在するかのようにさえ思われる」とある。そして、「ヘルとはつまり神や仏の不在のことだから信仰心のない日本人にとっては現世もここもたいして変わらないんだよ」という。なるほど私も信仰心はさほどないから、いま自分が生きているのか死んでいるのかよくわからなくなっている。これだけ日々つらいのであれば、生きてても死んでても同じだろうと思う。

何千年も寝ていたい

水木しげるのキャラクターで、「千年に一歩あるく鳥」がすこしまえにツイッターでバズっていた。トトロみたいなサイズの巨大な鳥で、一つ目をビカーっと光らせてただじっと立っているだけのやつである。アニメ『墓場鬼太郎』最終話・怪奇オリンピックでは、千年に一歩あるく鳥は、いよいよ一歩だけ歩く。一歩ズシンとあるいただけで、周囲から感嘆の声が沸く。その一歩だけ歩いた後は、また千年ただじっと立っているだけだ。なんとすさまじいスケールの話だろう。千年もじっと立っていて、飽きないものなのかと思う。私なら飽きる。っていうか足がつかれるし、とりあえず二百年くらい寝たいとおもう。

手塚治虫の『火の鳥』未来編では、何千年も何万年も死なない・死ねない男は、最終的に神ともいうべき存在になる。不老不死という状況において、必然的におこる「退屈」は、宗教的な悟りももたらすのだ。埴谷雄高は『想像力についての断片』でこう書いた。「私達の生の推移は、二十億年前ひとつの単細胞を与えられた神の一実験にほかならぬ」。けれど、私達の想像力のほうが、より大きな幅と困難をともなう。「その苦悩は、僅か二十億年かけた一実験ではなく無限の空間と時間という枠を与えられて、《無限の実験》を強要されるときの神の途方にくれた事態に似ている」。

なるほどね、完全に理解した（まったくわかってないやつ）。想像力はだれしも持ちうるものだから、不老不死にして神に近づいた者が持ちうる退屈さも、だれもが似た情感をもちうるはずである。この世のすべては空飛ぶスパゲッティ・モンスターの創造したものだから、だれしも頭がナポリタンになりうるはずだ。自称「妄想病患者」埴谷雄高に対抗してへんな妄想書こうとしなくていいです。

空飛ぶスパゲッティ・モンスター教の話はともかく。あたらしい宗教には多くの場合、うさんくさい雰囲気がただよう。声優の井上喜久子の提唱する『十七才教』は、「永遠の十七歳」となることができるという宗教的組織だ。会員は田村ゆかりなど、地道に増殖し。黒色すみれは「永遠の十四歳」で。野原しんのすけのように五歳の状態が永遠につづくのもすごいが、十四～十七歳という青春時代が永遠につづくというのも、あらためて考えてみると苦しいだろうとおもう。青春時代が夢なんてあとからしみじみ思うもので、青春時代のまんなかは胸にトゲ刺しぐっさぐさである。私もうっかりしていると、また誕生日が来て、今年で十七歳になる。そうか、いまがこんなにつらいのは、十七歳だったからか。三十一年生きてきて、ついに真実にたどりつきました！

（トーキングヘッズ叢書 No.86「不死者たちの憂鬱」、二〇二一年四月）

見舞われる側の論理〜病室で繰り広げられる愛？　の駆け引き

そりゃ、確かに私はそう言ったさ。「お見舞いには来なくていい」って。大したことないし、わざわざ来てもらうのも悪いから。

だからって、まさか本当に誰ひとり来ないとは思わなかった。小学校のころの入院生活なんて、もうほとんど覚えてないわけだが、忘れたい記憶だったということもあるだろう。いや、普段から私はさびしいやつだけれども。さびしさの次元が違いましたですよ、ええ。

弱っているときの姿を、あいつは見られたくないだろう。だからお見舞いに行かない、という論理は、元が恰好いい病人にしか適応できないはずである。だから私には無理ですよとは言わずもがなすぎるけれども、市川雷蔵の八代目のお言葉はどうなんでしょうか。「やせてしまった姿を誰にも見せたくない」というのは、まあいいとして。「綺麗な顔のままを皆さんに覚えておいてもらいたい」とは。死人に鞭打つようだけど、まあ、もう歴史上の人物だしね。雷蔵が亡くなった昭和四十四年当時は、こんなナルシスト発言がこの世にまかり通ってたのか。

神木隆之介ならこう言うぜ
　雷蔵だから通ったんでしょうが。勝新太郎は雷蔵の演技を、こんなふうに評している。「雷ちゃん、顔で斬ってたね」。「剣で斬らないで顔で斬ってた」、「眠狂四郎を殺陣でも台詞でもなく、顔でやっていたんだと俺は思うよ」。

　たしかにそれほどの顔である。「綺麗な顔のままを皆さんに覚えておいてもらいたい」と、今なら神木隆之介が言っても通るだろう。言わないだろうけど。桜田通も言わないと信じてる。狩野英孝は言うかもしれないが。ぜひとも聞いてみたいもんである。早くその日が来ないものか、ってこれは鈴々舎馬風のネタだけど。狩野英孝のこと、そんなに嫌いでも好きでもないし。

　しかし、入院してさらにカッコよくなることもある。ここで持ち出すのは、ああ、今度も立川談志の話ですが。「談志市場」というサイトで公開されている動画シリーズ『週刊談志 増刊号』は、多くが病院で収録されたものだ。かすれ声はもう言いっこなしとしても、格段に弱って疲れた様子で明らかに重病人なのに、懸命に冗談を繰り出してカメラマンに受けようとする。スマートな師匠が病院ではさらに痩せ、頬もこけ体も折れそうなほどだけれど、それでも、いやだからこそか、いっそう凛々しくキュートです。ヤンデレ談志というわけだ。

　中井英夫の病院での姿も、たまらなく素敵である。写真集『彗星との日々——中井英夫との四年半――』は百回近く見返してしまってるが、毎度毎度ラスト近くでたまらなくなる。ベッドに横たわり、カメラマンで助手兼マネージャーの本多正一に、「ありがとヨ」と呟く表情。どうしようもないほど素晴らしい。

もっとも、病気しても痩せるとは限らない。癌なら痩せるだろうけど、抗鬱薬や睡眠薬のたぐいには、副作用で肥満になるものもある。もっとも、太ってきた自分を許容できるようにはなるから、当人からしちゃ別にいいのだが。べつのに変えたら元通りンなったしね。この辺の記述は、個人的な経験に基づいている系のものです。

うんにゃ、鬱のときだけでない。入院中って、基本的に寝ている生活だから。春風亭柳昇の「カラオケ病院」みたいに、患者さんたちのレクリエーションにカラオケ大会を催す、なんて病院ばかりではないんである。ほかに楽しみを見つけらんないと、売店でお菓子買って食べてばっかりいて百キロオーバー、なんてこともある。高倉あつこ『デブになってしまった男の話』ですね。何人もとつきあったり振ったりという爛れた生活を送り、車で女の子を迎えに行く途中で事故おこして足ィ骨折、入院中に大変なおデブさんになるという。太っててもカッコいい、色川武大路線は見習いにくいのだ。かつての恋人にもそっぽを向かれ、本人は「天罰だよ」と振り返るが、実にまったくもってその通り。ざまアみろと言いたい。でも、そんな目に遭ってなくても私がもてないのは何の天罰だろうか。

しかし、彼についてた看護婦さんいわく。「さびしくて食に走っちゃったのかしら」。忙しくてなかなか見舞いに来れなくて、と謝った父親の言を受けての台詞である。ああ私もやばかったのかも、と今さらながらにドキドキしている次第。

見舞いくれる人はいい人である

病気の具合が悪いときには、見舞いになぞ来てもらいたくない。口をきくのも億劫だし、見舞客にどうしても気を使うところがあるので、面倒くさい。と、吉行淳之介は書いている。きっとそれは、かの人も自己分析したとおり「病気擦れしている」からだろうが。結核やら鬱やら様々な持病をもつ吉行氏のように、入院慣れしてればそうなってもくるか。

いやでも、そこは人それぞれなんではないか。幼いころから病気がちでも、お見舞いに来てくれる人がいれば嬉しいだろう。世の中に人の来るこそうれしけれ、だし。とはいふもののお前ではないような、内田百閒パターンもあるけれど。世の中に人の来るこそうるさけれとはいふもののお前ではなし、と蜀山人に直接言われたひとは嬉しかったろうけれど、それをあとで聞かされるほうは、少し赤面するばかりである。

北杜夫も病気のベテランなはずだが、見舞いに来た遠藤周作を快く迎え入れる。「もっと……光を」に匹敵する名言をと乞われて、こんなことまでのたまったそうな。「もっと……見舞い品を」。

まあ、「ウソツキ遠藤」こと遠藤周作の書いた話だからあてになったもんじゃないが、山本夏彦理論でいくと「ものくれる人はいい人である」。見舞いに何かくれる人を、うるさければと は言いにくい。ありがちなところはフルーツのバスケットとか、本とか、或いは現金とか。うちのおばあちゃんも年にいっぺんは何かしらで入院してるベテラン患者ですが、私が見舞いに行くときはいつもマンガと落語のCDを持ってってる。マンガったって丸尾末広じゃない、ちゃんと相手を考えて『フクちゃん』や『デンスケ』だし。同じ横山隆一でも、「百馬鹿」は大判だから重いよなって配慮ぐらいはします。

澁澤龍彦は、もちろんたくさんの本を妻の龍子さんに頼んだという。その本がある場所の地図を渡して。お見舞いに行くというより「東京の彼の仕事場に毎日通って行くのだと思っていました」ということだが、しかし北鎌倉の澁澤邸から、芝の慈恵大病院まで毎日通うのは大変でしょうに。いまヤフー路線で調べたら、電車だけで一時間はかかる。病院まで歩きの時間とか、ヤフー路線で検索したときは十分で着くはずであっても実際には二十分かかったような経験を踏まえていうと、一時間半強はかかったのではないか。これを往復とは、無関係な私まで頭が下がる思いだ。

お見舞いに通いやすいようにと、病院の近くに家を買った人もいる。例に出すのは、またも立川談志ですが。妻・ノンクンが癌になったとき、日医大病院のある根津にマンションを買った。そのあと本人も癌とわかり逆にお見舞いされる立場になるのはちょっとどころでなくいい話だ。

この談志のお見舞いに、弟子の志らくは自分の書いた本『落語進化論』と、オサマ・ビンラディンの写真が入ったトイレットペーパーを持って行ったという。本は数ページめくったきりなのにトイレットペーパーはじっと見つめてた、と志らく師はのちに振り返ったが、同じく弟子の談春の本『赤めだか』がベストセラーになったときは嫉妬する姿を見せた談志のことだもの、仕方がない気がする。立川キウイが『万年前座』を出して、師匠のお見舞いついでに渡したときは、「よく書けてる。褒美に真打ちにしてやる」って事態にまでなったけれど。志らくはむろん既に真打ちだったから、そういうことはできないわけで。

でもまあ、見舞い品などなくとも、たいていの人は気持ちよく迎えてくれるんではないか。たぶん。入院患者の多くは病気のシロウトで、弱ってるとき知人に会える唯一の機会が見舞客を迎えるあいだなんだし。お客様は神様ですが、見舞客はとくべつ偉い、出雲の神様ですよ。だから自分を縁結びして、患者とカップルになっちゃったりもする。山中恒『ぼくがぼくであること』での秀一と夏代とか、山岸涼子『籠の中の鳥』での人見さんと融くんとか。まあ、前者はいいですよ。年頃の少年少女だもの、くっついても不思議じゃないですよ。でも後ろのほう、融くんって鳥人少年とおじさんがくっつくのはどうかしら。しかもこの人見さんというひと、当初は融くんのお父さんかとも思われてたんだから、疑似近親相姦ということになる。いやならないか、少なくとも姦には至ってないが、でも人見さんの「これからもぼくとずっと一緒なんだから」って言葉からはそれを連想しちゃうのはしょうがないでしょ！ 逆切れするほど嫉妬しなくてもいいんですが。

シクラメンは家に飾りました

もはや嫉妬すらできないのは、中井英夫『月蝕領崩壊』のAとB。連日のようにBに会いに行き、テワするAの姿には、まさに心打たれるというやつでした。電話のことをテワ、って解説なしにいきなり言っても大丈夫だと信じてる。甘木君って書いてしまったあと、これで「某君」のことだってわかるかな、内田百閒読んでてもわからない人いるよな、と思いつつ書き直さないのとおんなじ感じ。

つまりはミーハーなのである。ベレー帽かぶったり、黒ぶちの大きなメガネかけたり、タバコ吸えるたちじゃないのにパイプくわえたり、頭のうしろにはバカ毛はやしたくなる。やりすぎて、過剰に大バカ毛になっちゃったりもして。鼻をビッグサイズにする、手塚ぶりっこもやりすぎたけど。

だから、連日通うのもできそうだ、と思ってしまったわけだ。ちょうど塾の夏期講習があるときに、すぐそばの病院に友達が入院して。講習期間の二週間くらい、塾の帰りに毎日寄った。見舞いに誰も来なくてさびしかった自分の経験と野次馬気分も含めて通ったんですが、十二日目にさすがに怒られた。お見舞い品に花じゃなくて、アロエ持ってったのも原因でしょうが。これは『ギャグマンガ日和』リスペクトで。でも本家では、アロエの葉っぱを切って花束の代用にしたわけだけど、私はちゃんと鉢のまま持ってった。余計ダメなほうに行っちゃったが。シクラメンの鉢も考えたけど、二時間は悩んだすえ若干シャレにならなさすぎるということになった。

ああ、あと唐沢なをきの『ホスピタル』とかも持ってった。こっちは喜ばれましたがいま思い返すと、あれはミスチョイスでしたね。たぶん本物の病院は、もっとグロテスクでハチャメチャで魅力的だろうから。こんど彼が入院するときには、この本を持っていこう。早くその日が来ないものか、って本日二度目の馬風師匠です。

（トーキングヘッズ叢書 No.54「病院という異空間」、二〇一三年四月）

喪服エロス最強説について〜不謹慎な白黒世界

高校三年生の冬である。まあ、大学受験直前である。ジイさんが死んだ。

「いいときに亡くなったよね」

葬式の日は綺麗に晴れて、雲ひとつぐらいしかなくて。うちの叔母さん、そんなことを口にしていたけれど、冗談じゃないですわ。こんなときに死ぬなよと思ってた。KYだKYだと言われていた安倍総理が辞任を果たしてから少し後のことであったが、まったくKYな時期に死んだもんだと。せめて、私が大学生になってからでもよかったではないか。

「ひとって死ぬよね」

鴨志田穣が死んだとき、妻の西原理恵子は伊集院静にそう言われたそうだ。うん、まあ、ひとって死ぬよね。急に死ぬよね。死ぬかな死ぬかなと思っていたらやっぱり死んだ、ということもあるけど。でも「ウソつけえ、そんなことで死なないだろう」と思ってたら死んだりもする。

そう、そんなことでも死ぬんである。

そんなこと、と思ってしまうのは他人だからで、当人の身体や精神やなんやかんやは「そんなこと」に耐えられなかったということだ。「人はね……死ぬようなケガをしたら死ぬの……」。丸メガネの女の子が頭に浮かんできましたけど。G・むにょ『いつでも弱酸性』の、ヒヨちゃんの力がどっかいってる笑顔を思い出しながら、坊さんの読経を聞いておりました。あと、私の斜め前でつまんなそうに座ってる男の子。喪服だけど、しかも冬なのに、なぜか半ズボンで白い足がむきだしでして。ちょいちょいガン見してたのも今ではいい思い出だ。喪服エロスやっぱ最強ですわ。

小津映画を観てるかのような苦痛

それから、火葬場へ移動すると。煙突から煙が立ち上るのを見て、小津映画の中へ入ってしまったような感動を覚えた。ウソだけど。そんな伊丹十三のパクリみたいなことを思うわけはない。受験前ってこともありましたが、あの空間あの雰囲気、苦痛以外の何物でもなかったし。阿奈井文彦の『アホウドリ葬式にゆく』とか読んでたら、お葬式って楽しそうだったのに。それは阿奈井氏の軽妙な文体のせいか。火葬場の待ち時間、ちょっとトイレなんて行って逃げ出してしまいましたもの。で、予定より早く焼けてて骨あげに間に合わなかったという流石の日原さんクオリティ。

映画『お葬式』も、長いこと最後まで観られなかったし。お葬式という陰の場をコミカルに描いて云々……って評が一般的なところだろうが、やっぱ題材が題材だけに。音楽が暗いから雰囲気も暗い。お棺を家に運び込んで、北枕にしなければ、と方角を確かめてみたら偶然その通りになってた、ってギャグにも、結構しみじみしちゃいまして。また、山崎努がこの暗さによく合ってるんだ。こののち、葬式ドラマの常連となるのも頷けるわけで。

ああ、そもそも画面が暗いんだった。みんな服装は基本、喪服だから。八割がた黒と白の絵づらで。普通のお祭りは赤白ののぼりとか立ててやるもんですが、お葬式は黒白祭りですよ。葬祭というぐらいだから、れっきとした死体カーニバルである。山崎努カーニバルでもいいけど。

さて、ここからはどこまでも不謹慎なことを書き綴っていきたいわけですが。普段は無駄に謹慎中みたいな私のことですからお許し願いたい。面白いかどうかじゃなくて、不謹慎かどうかが重要なんで誤解のなきよう。

敢えてとむらい師の汚名を着て

もちろん、不謹慎なネタといったら、野坂昭如の『とむらい師たち』に極まれる。「死をもてあそぶというのは、生きとる者の権利ですわ」って不謹慎の王道を説く名ぜりふは忘れられませんし、雑誌『葬儀公論』、『葬儀春秋』、万博に対抗して『葬博』を、ってひどいネタだなと。しまいには水爆で全世界を滅ぼして、一面に広がる死体に蛆虫がたかるなか、生き残ったとむらい師は「こら、葬博や。死顔大見世物や」なんて陽気に仏様ァ踏みつけてはしゃいでるし。

陽気な葬儀計画といったら、立川談笑の「片棒・改」もひどい。大金持ちの吝兵衛さんが跡継ぎを決めるのに困って、息子たちに自分の葬式の計画を立てさせるのだけれど、長男からしてオネエですし。美青年とワインを存分に用意した享楽的な葬式を、とか答えてる途中で恍惚となりだして、「ああ、お通夜……それは淫らに絡み合い求め合う獣のラプソディ……」なんてポルノポエムの独唱を始めるし。次男も負けてはおらず、浦安ランドの電気パレード顔負けのショーを提案するし。おしまいの三男は、逆に極端なドけちんぼ。父親の遺体の脂肪まで石鹸にしようとか言いだすからリサイクルにもほどがある。

ああ、存在自体が不謹慎、っていうかアンタッチャブルの、鳥居みゆきも忘れちゃいけない。彼女がTVに出て来ると、何かいけないものを見たような気分になりますよね。

「マサコの！　単独！　妄想夢芝居‼」と「ヒットエンドラァ～ン！」ってフレーズは耳に残って嫌だけれど、一周まわって二周まわってぐるぐる目もまわって判断力が低下してきたところで錯乱かっこいい。単独ライブ『故・鳥居みゆき告別式狂宴封鎖的世界』は、収録DVDを借りて観ただけでもトラウマものなんだから、客席にいたらどうなっていたかと。鳥居みゆきとは、楽天レンタルを間に介してぐらいの距離感がちょうどいいんである。社交辞令でハイタッチしたくもあるけど考えただけで動悸が。

で。ライブ『告別式』ですが。鳥居みゆきの葬儀という、冒頭のシーンはモノクロだ。参列者が華をささげたりして、つつがなく式が進行するなか、彼女の友人が挨拶の途中で嗚咽を漏らす。その声が徐々に、鳥居みゆきのうめき声と重なっていくわけです。これは恐い。で、最終的に全員が喪服で、雷の鳴りひびくなか「ヒットエンドラン」を叫びながら踊りくるうという壮絶なもんで。

あと、彼女が自死に至るまでのドキュメント的な映像もあるのだが。紹介される芸人時代のネタ、結婚式、家庭でのエプロン姿など身にまとうものの全てが黒と白。生前から喪に服しているかのような縁起の悪さだ。

いま、そこにある死亡フラグ

そういえば、壇蜜というひととか（↑よく知らないアピール）中島知子も。復帰当初、黒白の服でしか見なかったけど、これは死亡フラグでしょう。ただ、それを言うとパンダやシマウマが生まれたときから死亡フラグ立ちっぱなしということになって、諸行無常を感じる。なんだこのテキトーな文章。

ただ、中島知子にとって「黒」は特別なものであるはずである。自身が「オセロの黒いほう」だから、そこに重ねるように黒い服を着るということは、「もう白はいらない」松嶋尚美バイバイ、なのか。そこまで白黒はっきりさせなくてもいい気もするが。

とは言うものの葬式というのは、やはり白黒つける場である。死者との別れのときですから、あんまりいい加減なことではいけない。そして、いい加減なことではいけない場は、どうもね。私も逃げたくもなろうってもんである。立川談志も、師匠柳家小さんの葬儀に行かなかった。「小さんは俺の心の中にいる」とかなんとかそれっぽいこと言ってたけど。大親友で最大のライバル・古今亭志ん朝のときは、インド旅行に行ってたんだっけ。そんな談志も、先輩にあたる五代目春風亭柳朝の葬儀には姿を現した。礼を言う柳朝の弟子・小朝に、こんな言葉を残したそうだ。

「来るべきときだから来た」

カッコいいなあ。そう、嫌でもなんでも、来るべきときには来なきゃいけないわけである。

当の談志の葬式は、多くの弟子には知らされぬまま密葬で行なわれたんで、来るべきべきでない以前の問題だったわけだが。

お葬式ソフト化計画

昭和の大名人、六代目春風亭柳橋の女将さんのおとむらいでは、若手落語家が呑んで騒いで大変だったという。さすがの柳橋先生も言ったそうだ。「花見じゃねえぞォ」。

いいなあ、そんな盛り上がるお葬式。生きてるうちはそういう経験なかったし、せめて葬式でぐらい……はいはい、「自虐ネタって或る程度の親密度がないと本気で引かれる」わけですよね。『やはり俺の青春ラブコメはまちがっている。』比企谷くんの言うとおりですわ。

中島らもの小説『寝ずの番』は、落語家の葬式で交わされるバカ話を描いたものですけど、ただの宴会である。瀬川ことびの『お葬式』も、死者の肉を食べるって以外はやっぱり宴会である。本当に、パーティを葬式にしてしまった落語家もいて、談志の弟子の立川談四楼。真打昇進披露パーティを『立川談四楼大葬式』と題して、新しい談四楼に生まれ変わるとした。

うん、生前葬は楽しいですわ。私だってやりたいもの。来てくれるひとがいればああって学習できないからまた自虐ネタに走りかけてしまいましたけれども。でも、生前葬とか葬儀を利用した表現とかは多々あると思うけれど、逆に商業なしの、純粋な普通の生前葬は、なかなか。最近だと高井研一郎ぐらいですか。高井改め「他界研一郎」となったとか西原理恵子が『人生画力対決』五巻でルポってましたけど。藤子不二雄Ⓐがでろでろに酔っぱらったり、松本零士が死者の三角巾を横取りしたりと大変な騒ぎだったようで。

そう、「お葬式ごっこ」も、そういう一種のゲームとなる可能性もあったんである。なんでイジメになってしまったかな。プレステのソフトで「嵐を呼ぶ漆黒の葬儀伝説」とかあったら絶対買ってたのに。いやマジで。

えっと、主人公は国王の側近なんです。が、国王が死んで悲しみに暮れる暇もなく、最後の忠誠を果たすため国王の葬儀の準備を整えてるわけですよ。

そこに波乱が起きるね。各国から来賓のふりしたスパイが来たり、王制反対派が国王の棺に火炎ビン投げつけたり、大地震がきて津波で流されかけたところを棺に乗ってサーフィンしたり、葬儀の礼儀作法を教えてくんない浅野内匠頭にブチ切れて浅野に棺で殴りかかったりするからあちこち大変なんだ。

で、なんだかんだで大ラスで、主人公が守ってきたのはダミーの棺だと明かされるんですが。これなんてクソゲー。じゃ、棺桶の中には何が？　って思ってフタを開いたら、国王の御子がご登場である。よくぞ父のように私を守ってくださいましたとかなんとか言われてめでたくゴールインという。これが王子か王女かも、プレイヤーによって変えられるわけです。ゲームの最初に、主人公の名前とか年齢を設定したりするなかでさりげなく「恋愛対象」とする性別まで言わされてるという気持ち悪いＦＢシステムである。ほんとヤらしいですわよね。ここだけオネエ口調にしなくてもいいんだけど。ま、頼みます任天堂。

（トーキングヘッズ叢書No.55「黒と白の輪舞曲」、二〇一三年七月）

三時のおやつも墓標の前で〜うまいまずいも状況次第？

今日も元気だビールがうまい。と、安保法案・第吟条にある。だから安保は反対だ。何書いてんだか自分でもわかんないけど、ちょっと今の僕、混乱してまして。

反対に言うと「病気で酒まずく明日がない」か。元気がなければなんでもまずい、というわけではもちろんない。私の先日亡くなった祖母は膵臓の癌で。腸管にも浸潤してったらしく、最後の最後には、ほとんどなんにも食べれなくて。それでも、小さく割った氷をちょいちょい欲しがった。全身の痛みで寝返りすらできず、ほんっとうにか細い声しか出せなかったけど、自分の娘であるうちの母に氷を口元まで運んでもらうと、ほっとした表情でコロコロ頬張っていた。

たった半年前である。一緒に、なんだかよくわかんないけどえらく凝ったコースの豆腐料理を食べたのは。そのころはまだ普通に歩いてたし、言葉も勿論はっきりしていたし、普段どおり談笑して、いつものいつものおばあちゃんであって、癌だなんて誰も思ってなかった。

なんでのっけからこんな話してんだ私は。要するに僕の言いたいのは、ひとはいつまでもビールがうまいとは限らないってことです。当たり前か。いいじゃないっすか、いつものゆるい漫文よりマシじゃないすか。同意されても困るのは措いて。日ごろ不謹慎なこと書いてるから身内のこともそうしなきゃなんですが、この程度で勘弁してください。

おばあちゃんは料理好きでしたけど、その祖母が最後に食べてたのが氷だったってとこ、何かの諺つくれそうですが多分もうあるな。景山民夫は最期の晩餐に、せいろ蕎麦か、寿司のこはだ、新子を一貫だけと書いている。「最後だからといってあまりガツガツ食べるのはどうもあまりみっともよくない」とのことだ。うちのおばあちゃんは、あまりみっともわるくはなかった気はする。

まあ、当然、逆へ行くこともあり。やはり先ごろ亡くなった、橘家圓蔵師匠。落語の枕でこんなことを言っていた。「グルメな人なんてのがいますね。もういろんなもの喰っちゃったなッ、なんか他人の喰わねえもの喰ってみてえなッ、刺身ィきな粉つけてジャムで炒めてみようかしらなんて、保健所の許可しねえようなもの平気で喰っちゃったりして」。で、食中毒やショック死ンなったりして。魯山人か。

藤栄道彦『最後のレストラン』には、ヒトラーやらクレオパトラやら、死の直前の偉人が現れるけど。みんなややこしい注文をして、それぞれ違った料理で満足してく。そりゃあ「十人十色」。これも圓蔵師、お得意のフレーズだった。

さんまのおいしい食べかた

大きなお城のお殿さま。毎食オカシラつきの鯛。或る日、馬乗りで遠出したものの、弁当を忘れてきた。近所の家にさんまを分けてもらう。このさんまが本当においしくて……ってのが落語「目黒のさんま」。

重要なのはバックグラウンドである。鯛を食べ飽いて、乗馬という運動をして、腹ペコでようやく食事にありつけて、っていう状況があったから大変においしく感じたんである。

同様な、ありつくまで苦労する状況下でも。「ぜんざい公社」じゃ報われない。ぜんざいもタバコとかと同様、専売公社の扱いとなり。あちこち盥まわしにされ、高い手数料もとられ、ようやく手にしてやでうでしやと啜ったら、これが甘みも何にもない。なんだこれって抗議すると、「ここは公社、甘い汁は先に吸っておきました」……。さあブチギレるポイントだ。食いものの怨みは恐いんだ。

手間かけてようやく手に入れたものは、めいっぱい楽しみたいとこだけど。立川談志いわく、欲望に対しスローモーなのを上品という。さすがに大店の若旦那はお上品だ。「千両みかん」。夏だから無いみかんを、どうしても食べたくて病気になって、千両だしてようやく一つ、番頭に買ってきてもらったのに。半分たべて、残りはみんなで、と分けるんだ。いいからぜんぶ喰えよ、こっちはそうみかん好きでもねえしと思うけど、そこが若旦那の徳ですね。景山民夫も、一流シェフの料理対決番組『料理の鉄人』で審査員を務めたとき、スタッフだって食べたいんだからと半分以上残すように決めてたらしい。思いやりであり愛である。

もちろん分けない人もいる。死の近い病人が、買ってきて貰ったあんころもちに、貯めきった大金包み、必死の形相で矢継ぎ早に飲み込んでく。そんなんで果たしてうまいのかと思うが。この後、ノドに餅つまらせて死んじゃうわけだから、おいしくなきゃあ浮かばれない。「黄金餅」、相当きつい部類の落語である。

朝食非摂取派脱落宣言

ううう、今回、うっかりするときつめの話にばかり行ってよくないね。楽しい話をいたしましょう。神木隆之介の話をしよう。

クドカンドラマ『11人もいる!』、本当に面白かったわけですが、大家族で、みんなのために朝食つくる長男の神木くんに目がギュウウウッといきまして。食べてきたからいらない、っていう田辺誠一のダメお父さんに、「朝はみんなで食うだろそれが家族だろ!?」って詰め寄る神木くんの声が本当に凛々しくて、一生懸命な感じがたまらなく可愛くて。いつも朝は抜く派だけど、神木くんのつくった朝食は絶対たべたいですよねーっていうか神木くんと朝食つくりたいですよねー。木村イマの『コーヒー男子にシロップ』は、先輩のために彼好みのコーヒーを淹れようとする素敵なBLで、ああいうことしたいしされたいところだ。こないだの『サムライ先生』、メイド女装な神木さんももちろん素敵でしたが、ふだんの姿のほうがもっと可愛らしいからなー、化粧しなくていいからメイドとして来てくんないかなあそしたら、朝を抜く派から朝に抜く派に即鞍替えするのになっていうか、祖母が亡くなって早々だというのに何を延々と妄想してんだ私は。自分の情緒不安定さに引くわ。

もう一度バランスとって、悲しい話をしよう。神木隆之介の話をしよう。『高校生レストラン』。高校の調理クラブで、地域振興のためレストラン開店することになって。そこに顧問として派遣されたのが、松岡昌宏の一流料理人。正直、この松岡顧問のガンガンの、怒鳴ったりする指導がつらくて、最後まで観れてない。神木くん自身は、一流の料理人に対し敬意を払って、全力で努力してくんだけど。『孤独のグルメ』でもありましたよね、店長が店員にガミガミ言う店で、こんなんじゃ喰う気にならねえわ、「モノを食べるときはね 誰にも邪魔されず 自由でなんというか 救われてなきゃあダメなんだ」って叱る話。救われたいっすね私も。

楽しい話、悲しい話ときたから、今度は両方の話を。神木隆之介の話でないです、もうこの辺にしときますんで、ええ。で、須賀健太の話を、おいおい。でもドラマ『喰いタン』、すっごい面白かったんすよ。食いしんぼう探偵の東山紀之が、殺人現場にあるものをホイホイ食べて、事件を解決に導いてく。毒でも入ってたらやべーんじゃね感が毎度ありますが。惨殺死体の目の前で「おいしいいいい!」って、ホントかよと。実験室で解剖後のカエルをアルコールランプで炙ってうまかった、みたいな話を北杜夫あたりで読んだ気するし、まあ慣れなのかしらん。むしろ死体見ると涎出てくるとか、酷いパブロフの犬だ。自前の黄金のハシを出すとき、毎回「シャキーン」って決めポーズとるのも笑いましたし。このとき須賀くんは小6、喰いタンの助手役で。でっかい黒縁めがねが可愛かったんすよ。EDの『愛しのナポリタン』、東山・須賀・V6森田剛の『トリオ・ザ・シャキーン』による曲もいいコミックソングで視聴率もよかったのに、『喰いタン2』なんでDVD化されてないのか謎ですがまあネットで観れます。

美味しいものこそ独り占め

死んでる人ともおいしく食べれることもあれば。生きてても、一緒の食事は……ってひとはいる。いのうえさきこ『私のご飯がまずいのはお前が隣にいるからだ』って直球で凄いタイトルですが。おいしい店でも、隣の席が妙なウンチク屋だったりして、料理に集中できないと。「大好きなものを食べたいときは一人っきりのほうがいい」、「だって大好きなものとは二人っきりでいたいから」ってのは本当に名言っすね。

その点。「コンビニ弁当は裏切らない」。三遊亭天どんの新作落語「カベ抜け」、独り者の男が幽霊と楽しく暮らして、でもその幽霊が消えてまたも孤独に、ってときのフレーズである。一人で食べる用にできている、コンビニ弁当は裏切らない。

そう、ぼっち飯だからこそ楽しめるものもあるのだ。一人でマックに寄って、食べるハンバーガーの美味しさですね。もこっちは『私がモテないのはぜんぶお前らが悪い!』一巻早々でそれして、「うまっ⁉ ハンバーガーなんて小学生以来だけどこんなにうまかったっけ? こんなもの子どもかバカの食べ物だと思ってたのに……!」って感激しすぎだった。『ちびまる子ちゃん』には遠足でおかし交換せず、一人で複雑な笑み浮かべながら甘納豆食べる女子が出てきて、あれはあれでGJで。

談志家元いわく。庶民の食いものより上流階級の食いものがうまかったら暴動が起きる。学内カースト上位のやつらが学食の限定ステーキ御膳を独占してたから、神木くんと広瀬すずが革命おこしたんだ。『学校のカイダン』です。

僕の場合、たまに一緒に食事する人がいたりなんかすると、ついついそちらに気がいって。というかコミュ障なんで、食べながら話すなんて器用なことはできず。相手の話に頷くので精いっぱいで、向こうが半分以上食べてんのにこっちはほぼ手つかず、みたいなことに途中で気づいて倍速イーティングとなるのが常である。

一緒に楽しく食事していても、途中で一人になることもあり。藤子・F・不二雄の『カンビュセスの籤』。広い世界で、男女たった二人生き残り。せっかくいい関係になってきたのに食糧が切れ、くじびきでどちらかを、ミートキューブにせねばという事態に。うーん、なんとも悲しいですね……。

そこまでじゃなくても。柳家喬太郎『ハンバーグができるまで』では、別れた奥さんが夕食つくってくれて。ほんとにおいしいハンバーグで。てっきり、より戻そうってのかと思ったら、相手見つけて再婚すると報告に来ただけという。家にひとり残されながら、元夫はハンバーグ食べ続ける。

こっちのほうが切ない気もいたしますが。悲しい気持ちで食べていても、おいしいものはおいしいんですな。僕も祖母が死んで、食欲はなくなってたけど。おなかは鳴るから収めるためにつまむと、安保法案はこういうときも甘くて。ちげーよ、あんこ玉です。焦燥しきりだな今回。葬式饅頭まだかしらん。

（トーキングヘッズ叢書 No.65「食と酒のパラダイス！」、二〇一六年一月）

仙人への道〜不老不死をめぐる果てしない欲望

おいおい試験だよ、一週間後。嫌だね考えたくないね、今夜の勉強スケジュールとか。いいよ。明日からやるからさ。なんて自分を誤魔化して、実際に明日やった試しがある人はどのくらいいるんだろうか。まあたいていの人は、明日できることは明日やる派だろう。こういうときだけ私はマジョリティ。

明日の自分が想像できないのだから、このままだと一週間後どうなるか！　なんて想像したくもないし、そんな自己管理がなってない心根のままでありつづけると五年後どんな人間になっているものやら見当もつかない。訂正。だいたいわかる。二十七歳、人間の生物学的ピークである二十五歳を二つも過ぎて肉体的にもくたびれだして、社会的にも、あってもなくてもいい歯車のひとつになってるんだろう。けれどもそんな現実からは、なるたけ逃避するよう努めている。現実逃避は得意技なんである。

でもさいきん暇があると、五十年後の自分に思い巡らせて楽しんでるんだから自分でも何なんだろうと思う。積極的に生きていたいなんて思いはしないけれど、今すぐ死にたくもない、なんてダラダラした気持ちのまま馬齢を重ねまくりたい。細く長く、ソーメンのような人生を送れますようにという祈りを込めて大晦日の夕餉は年越しソーメンに決めている。ただし、全部緑の。なかなかスーパーに並ばないんで、見つけたときに買いだめるかたちになる。だから古くなって、湿気てちょっとカビてるかもしれない。けど元から緑だから区別がつかない、ありがたい。

私は三笑亭笑三になりたい

五十年後の目標は、岸部一徳である。あるいは山崎努、もしくは三笑亭笑三。どす黒い欲望にまみれて屈託だらけなくせに、なんかとぼけてるジイさんっていいですよね。ちょっと路線は変わるけど、谷岡ヤスジの描くペタシ、ペタシって歩く悟ったふうの仙人にも憧れたりして。名前がそのまんま「ペタシ」だということもビックリだけれど。

もっとも、悟ったふうのとぼけたジイさん、ってキャラは大勢いるが。亀仙人がスケベじじいだってことは、『ドラゴンボール』読んだことない私でも知っている。孤島の「カメハウス」に住んで、必殺技は「亀はめ波」ってバカっぽさには脱力しっぱなしである。しかし、年季の入ったバカは馬鹿に出来ません。この亀はめ波、実は月を破壊するほどの威力だっていうんだからバカに磨きがかかっていて恐い。他にも、手をゆらゆらさせつつ子守唄を歌い相手を眠らせる催眠術も使えるらしいが、その名前も「よいこ眠眠拳」というらしいからもう勝手にしてくれって感じだ。

もっとも、仙人は妙な術を使うものである。落語「鉄拐」で鉄拐仙人は、口から小さな分身を吐き出す術で人気者になり、『貴方も仙人になれる』なんて本も書く。彼のライバル張果老は、瓢箪から駒を出す。駒、とは動物のウマのことである。「長生きも芸のうち」というが、やっぱり長生きしていると、暇を持て余して変てこな仙術でも編み出さないとやってられないんだろうか。持て余したいもんだ、暇。学校の中間試験一週間前の私は、心の底からそう思っている。昔は人生五十年。今だって『100年たったらみんな死ぬ』（松田奈緒子）から、あくせくせざるを得ないんである。せめて百五十年寿命があれば、もう少しのんびりできそうなものを。

解けない不老不死の方程式

もっとも人間の細胞は、純粋培養したところでせいぜい百三十年しかもたないという。世界最高齢、百二十歳まで生きたはずの泉重千代さんも、実際の享年は百五歳程度だったみたいだし。楳図かずおの『14歳』では、チキン・ジョージ博士が不老不死の方程式をみつけるけれど、実現はしなかった。培養した細胞は、十四歳になると消えて、なくなってしまうのである。もしくは、不気味な姿に変容するのである。そして果たして十四年後、地球が重態となり人類は大破滅する。

だから、きっともう無理なんだろう。って片づけてしまいたくない。逆転の発想だ、人間のまま生きようとするから無理があるのだ。人外の者になれば、そんな限界は軽く超えられる。たとえば幽霊は死なない。けど、成仏しちゃうかもしれないし、長生きしたいがために死ぬってのは本末転倒ですよね。しかも自殺すると地縛霊になって、本来の寿命が来るまで天国に行けずに苦しむ羽目になるのだ。と、幸福の科学のＨＰで知りました。景山民夫の信じた宗教だからとりあえず信じてみるミーハーな私である。

もっとも、自殺とまではいかずとも、長命を求めたがために早死にしてしまった皮肉な例はいくつもある。有名なのは秦の始皇帝ですか。不老不死を願って、水銀をのみつづけて。なんで水銀なんかのむんだか意味がわからない。と現代人ぶってる私は思ってしまうけれど、当時は当時の理屈があったのである。水銀は錬金術でも重要な物質だが、大形徹の『不老不死』（講談社現代新書）によると、水銀は腐らない金属だからそれをとりこめば、体も変化しないようになる。即ち不老不死になる、と信じられていたんだそうな。

なるほどォ。と、思わず頷いてしまったわけだ。筒井康隆の『癌』の主人公は、全身が癌細胞化して命をとりとめた。それと似た原理ですよね。そして今日、水銀はもちろん毒だとわかっているが、癌から不老不死になる研究というのは進められているらしい。正常な細胞には寿命があるけれど、癌細胞は無限に増殖できる。この仕組みを応用しようってんである。SFの後ろを科学が追っかけてるわけだ。なかなか筒井康隆には追いつけないだろうけど。仮に五十年後、現実世界が筒井ワールドと化したら……。嫌だなあという気持ちと、面白そうだという気持ちのせめぎあいで胸中、複雑である。

こんな話もあった。中国の古書『神仙伝』によれば、なんていうもののさっきの新書からの孫引きだけど、神丹という薬がある。道学者・魏伯陽は、この仙薬をつくりに山に行き、口に含むなり即死した。けれどもすぐに生き返って、そのあと仙去したそうである。

と、あっさり書いてはあるものの、さァてこれはことですよ。仙去とは何か。死ぬという意味である。だが、仙人になる、という意味もある。どっちだ。

しかも、「仙人」の意味も二つある。不老不死の人と、文字通り「山の人」。伯陽さん生き返ったはいいが、別に死ななくなったわけでなく、面倒くさくて街に帰らず山に住み続けただけって可能性もあるわけだ。

しかし、甦った人はなぜか山が好きである。イエス・キリストだって、復活したあと山に行った。そういえば富士山は「不死山」ではないか。『竹取物語』でかぐや姫は、ミカドとの別れ際に不死の霊薬を贈る。でも純情だね当時の天ちゃんは！　かぐや姫と別れちゃったからもう生きててもしょうがないと、この薬を燃やしちゃうんである。天に一番近い山の上で。そんなわけで、不死の山が転じて富士山になったかというとさにあらず。燃やすときに兵士を大勢連れていったので、士に富んだ山で富士山だというのが竹取物語説。ややこしいったらありゃしないいんである。

きみの血を浴びる夢

でも、不死になる霊薬って、原料はいったい何だったんでしょうね。先述の通り、秦の始皇さんは水銀をのんでたわけですが、ほかにも金とか砒素とか、松ヤニとかキノコとかいろんな種類の仙薬があったらしいが、そのひとつに「血」もあった。

こりゃまた、実にもっともらしい。水銀が霊薬、ってのには解説が必要だったけれど、こちらは問答無用である。血はエネルギーの象徴っぽいから。東洋医学でも、血液は「気・血・水」の重要な三要素に堂々ランクインしているし、血を吸うドラキュラは不老不死だし。日本でも昔から、スッポンの血を精力剤として飲んでましたね。その血を噴き出すことで、より進化した存在になることもあるわけだが。西尾維新の『新本格魔法少女りすか』の、水倉りすかである。彼女はまだ十歳の、あどけない少女だ。が、全身から大量の血を噴き出して死にかけると、血液に刻まれた魔方陣が作動して二十七歳まで一気に成長する。

先述の通り普通の二十七歳は、そろそろくたびれだすお年頃だ。けど魔法使いは違うんだ。静かでおとなしかった少女が、「はははははは——あーっはっはっは！　おっはよーございまーす！」とけたたましい笑い声とともに挨拶する、パーフェクトりすかちゃんになる。その格好もすさまじく、高いヒールに三角帽・マント、それに、露出多めなボディーコンシャスだ。髪も瞳も服も全身真っ赤のパワフルな魔女、というより大魔神である。「かっこいーぃい！　美しい赤！　じゃんじゃじゃ——ん！」と自賛するだけのことはある。

りすか嬢はこの他にも、ちょっとした魔法を使うときは、カッターで指を切って出した血を利用する。まあ、彼女の血液は特製だけど、普通のヒツジやニワトリの血も、黒魔術では多く使われるところだ。いや、ウシやウマ、ブタの血もそうでしたっけ。

いじめっ子を呪い殺す魔術、ってのを聞いたことがあるが、その内容を聞いたとき思わずくずおれてしまった。必要なものは羊皮紙とろうそくと相手の持ち物、ってここまではいいけれど、そのあとがよくないんである。棺の釘とデビルオイル、それにドラゴンの血ですって。

無理だろう。まず入手経路がわからないし、最後の二つは存在自体が危うい。

それに、苦労してドラゴンのところへ行っても、なかなか血は貰えないだろう。『ドラえもん』の大長篇、『のび太と夢幻三剣士』でも、ドラゴンの血を浴びれば不老不死になるってことになってる。それを聞いたのび太は、ドラゴンと戦いにいって、まんまと向こうを気絶させる。やったねのび太。

だけどご存じの通り、あいつは優しくてグズなんである。倒れてるドラゴンの頭を、剣で突き刺して血を浴びる、ってことができないんだ。献血とか血液検査のときみたいに、注射器を使おうという発想はハナから無いらしい。なら最初から行かなきゃいいのに。でもってそうこうするうちに、ドラゴンが目を覚ましちゃうんだが、実はこいつも優しいんだ。血はちょっと無理だけど、自分の入ったお湯に浸かれば、死んでも一度は生き返れると教えてくれる。そして一緒に温泉に入る。

ドラゴンと混浴かあ。生き返りとかそういうの抜きにしても、一度は体験したいものだ。他にも、一緒にお風呂に入りたい人はいるけれど。『ポーの一族』のエドガーやアランと一緒のお風呂に入れたら死んでもいい。って、ずいぶん安い命に見えますか。私からすりゃそうでもないが。不老不死とか岸部一徳になるって夢を、投げ捨てるに値する願いである。命より重い夢を抱きしめて風呂るよ。そのときは最後の晩餐に、買いだめちゃったオール緑そうめんを食べつくさねばならないが。

（トーキングヘッズ叢書 No.51「魔術的イマジネーション」、二〇一二年七月）

エピローグ 眠たさについて

この本の「プロローグ」を書いていたとき。

つとめていたのは、片道二時間かかる病院だった。

いまは、所属する大学病院にもどり。職場までは自転車で十分ちょい、って距離感である。なのにやっぱり朝、仕事に行きたくないから驚く。ほんと、行きたくないよなあとぐじぐじ考えながら布団のなかでスマホをいじっている。

さいきん、神木くんのリュウチューブや、みこいすさんの動画をみると、目がパッとさめることにきづいた。「アイドルは特効薬だ」っていう言葉を古人は言ったがほんとうにそうで、めざめの特効薬なのである。

ただ特効薬だから、そんなにしょっちゅうつかうわけにはいかないのが困るところだ。だいぶねむたいまま病院に向かい、だいぶねむたいまま診療にはいるときもある。

こんなナマケモノで、腐男子で、妄想ばかりしてるヘンタイ精神科医のところにも、足を運んで来てくれる患者さんはいる。ありがたいことだとおもう。ほんとうにありがたいことだとおもうから、できるだけ言葉遣いはていねいにしたい。あいさつは笑顔でしたい。と、おもっているのだけれど、だいぶ目が死んでいたらごめんなさい。年々、ねむたさが増してくる日々なのですね。

このコロナ禍のさなか、この本をつくるのにかかわってくださった三一書房の皆さんには、ほんとうにありがたく感謝しております。また、原稿の再録をこころよくご許可くださった、トーキングヘッズ叢書の鈴木孝編集長にも、ほんとうに感謝しています。私の長い長い暗黒時代は、トーキングヘッズ叢書がなかったら、自分の手で強制終了していたかとおもう。そのほか、本書にかかわってくださったすべての皆様に、いっぱいの感謝をささげます。

●著者プロフィール

日原 雄一（ひはら・ゆういち）

1989年6月、東京生まれ。暁星高校、帝京大学医学部卒業後、帝京大学医学部附属溝口病院で初期研修ののち溝口病院精神科に入局。

自殺予防のスペシャリスト・張賢徳先生のもとで学ぶ。

日本総合病院精神医学会で「精神科初診患者の自己診断に関する検討」を発表。精神科初診患者が話す自己診断はおおむね正しいことを述べた。

2010年「落語協会落語台本コンテスト」に「兄さんのケータイ」（三遊亭白鳥・演）で優秀賞、その他受賞歴多数。

2011年より「トーキングヘッズ叢書」に「うろんな少年たち」、「私が愛したマジキチ少年アラカルト」、「生き延びるための逃走術 世界から、自分から」などといった漫文を書く。

著書に『落語は生に限る！』（彩流社、2021年）など。

生き延びるための逃走術　腐男子精神科医の妄想メンタル科

2021年7月27日　第1版 第1刷発行

著　者――　日原雄一

発行者――　小番 伊佐夫

装丁組版―　Salt Peanuts

印刷製本―　中央精版印刷

発行所――　株式会社 三一書房

〒101-0051

東京都千代田区神田神保町3－1－6

☎ 03-6268-9714

振替 00190-3-708251

Mail: info@31shobo.com

URL: https://31shobo.com/

ISBN978-4-380-21002-0　C0095　Printed in Japan